# Plaza Mayor 1108

Claudio Rivera

# Plaza Mayor 1108

Ediciones LIRA
San Juan P. R.

*Plaza Mayor 1108*
Claudio Rivera

*Todos los personajes, historias y lugares de este libro son ficticios. No representan personas, hechos ni lugares del mundo real.*

Claudio Rivera
Ediciones LIRA
P. O. Box 31123
San Juan PR 00929

https://claudiorivera.net
klod68@gmail.com


ISBN-10: 0-578-66465-8
ISBN-13: 978-0-578-66465-1

*Para mis niñas, Laura e Isabel*

# Índice

# Plaza Mayor 1108

# Viernes rojo

*«Niña de color quebrado,*
*o tienes amor o comes barro»*
—Refrán popular

No debió. ¿O sí? Atraparse, despojarse, dejarse llevar. Nada más hay en la mente que eso que se desea, cuando se desea con pasión. Vero —así le llaman— caminaba a pasos largos atravesando la plaza. Unos minutos antes, veía esta plaza desde su balcón, decidida, apurando las hojuelas y la fruta, fría como la baldosa. La farmacia quedaba al otro lado de la esquina. La cruzo, mejor que bordearla. Tendré que atravesar las veredas, responder a algún saludo, velar por mis pasos para no caer. La impresión de lo posible. A eso se le llama ansiedad, anticipación de lo que aún no es, pero se teme. Ni amor, ni barro, joder.

El paso acelerado, dolor que piernas, casi corro, re-corro, me corro. No. Deja de mirar atrás. Ya saldrás de la duda. Ahora sólo hay mañana, luz apagada, luz de claroscuro por el este, luz de dar a luz. Adrián, Andrés, Laura, Ana, Rodrigo. Nombres latinos, debe tener un nombre latino. Tara, tarararaaaaa, olvida el asunto. Se espantará. Volará. Me mirará sin verme. Sudará algo sin creerlo. No me creerá que las cuentas me fallaron por accidente. Me dirá de todo. Me lo merezco. No me lo merezco. Calla, mira a otro lado. Piensa. Y pensó. Apenas sostuvo el sueño entre bostezos, la noche anterior. Dijo para sí: ya sabré, mañana sabré.

Detrás de mí, la bahía. Aunque no la veo, la bahía permanece clara y honda, más lejana de mí a cada paso. No los veo, pero sé que llegaron. No sé cómo decirlo. O tal vez sí sé. No hay otra manera de decirlo: «llegaron los barcos». Bajan como hormigas, llenan las aceras, los quioscos, las plazas, los banquillos. Una «cornucopia» de lenguas y rostros. Esta vez nos tocan los noruegos. Son como torres de un marfil veteado en rosa por el sol. La semana anterior fueron los italianos: fresquitos, locuaces, un poco malolientes por su ignorancia tropical. Veo aproximarse el primer barco crucero. Una aguja inmensa penetra el puerto, lo vacuna de viajantes, soñadores, que expurgan el tedio, el clamor del trópico y su calor húmedo, como cualquier entrepierna.

Mira a la derecha la puerta vidriera que apenas dejan cerrar. Entran dos y sale uno. Entran tres y salen dos. Así es en las mañanas. Pero con los turistas, el café estará imposible a las 2. Mejor salgo de esto y ya. Es peor la incertidumbre, aunque yo ya me imagino un positivo con cara de pena, del qué dirán, de cómo lo resuelvo, del tener que abandonar el pitillo, la copita bermeja del vino ocasional. No me detendré por un café. La menina dejará de ser mártir de sus mudos pensamientos. Habrá que apechugar, con lo poco que tengo. Y con disimulo despega su blusa de gasa de su sostén.

El lunes, tres días más tarde, lo veré con espanto en las noticias de la mañana. Los noruegos ahogados. Una pareja de suicidas que terminaron su pacto de amor vestidos de novios y saltando por la proa. En una blanquísima sala nórdica ella esperó el diagnóstico que ya sabía. Que hay tratamientos experimentales, que ahora toca una batalla dura por la vida, que la esperanza no se pierde nunca. Ella decidió el día y él la siguió como pudo y quiso. Amantes, murieron juntos por voluntad propia, para variar. No pude contener ese día el llanto y tuve que faltar al trabajo. Si al menos fuera cierto, pero los amantes nunca mueren juntos. Siempre hay una espera, unos minutos en que uno de ellos, el sobreviviente, da cuenta de la terrible ausencia, de que ya no tiene lo que deseaba existiese para siempre. Te lo digo yo, que rarísimas veces miento.

La cabeza es una noria descompuesta. A veces es imposible detenerla, como un péndulo sin fin. Sé que me mirará con sus ojos amarillos. No lo creerá. Dirá: «No sé qué decir, ¿cómo pasó? Dijiste que se podía. ¿Estás segura?» Se asustará. La plaza sigue medio vacía o medio llena. Debo detenerme. Y se detuvo. El corazón se me va a salir por la boca. Esas cosas pasan. Te acuestas con un fulano y te la juegas. Es así. Aunque sé que él no es mi fulano. En todo caso, sería mi fulano. Pobrecito, él no tiene plaza. Él no ve un carrusel desde su balcón. Ahora mismo, estoy segura, no intuye, no teme, no presiente que algo está fuera de sitio. Que basta un milisegundo para que todo se organice y suceda; que basta un milisegundo para que todos se descarrile y se derrumbe; que lo que se creyó, o se previno, sea…o no.

Vero no lo sabe. Ni lo sabrá, pero muy lejos de allí, presente y ausente —como el ser que se interrumpe e irrumpe en el espacio, o en cualquier mente inquieta, la mía, por ejemplo— un hombre se habla a sí mismo en el espejo, se sabe ahora consciente. Era el mismo hombre que formaba la otra mitad del cataclismo que estaba por estallar, que no sé —mis poderes son limitados, que no se diga lo contrario— si iba a estallar. Lo que sí sé, es que Aristófanes no era un sabio. Tenía ideas muy peregrinas. Pero acerquémonos ahora. El hombre se mira, mira. El espejo lo devuelve tenso y agotado de tantas vueltas a la noria de la cabeza. Me quiere, no me quiere. No tiene margaritas a la mano que le consuelen, que decidan por él. Porque como dice el poeta: yo ya no soy yo, ni mi casa es ya mi casa.

Esa noche —digna de San Juan— sudé, créeme —se dirá a sí mismo, recordando. Me levanté del sueño con ansias, con una euforia sofocante, con un incesante cosquilleo, por este lado, sí por el izquierdo. Estaba todo bajo diseño. La diosa me ha inspirado, y te lo digo así, con los brazos extendidos en cruz y separadas las piernas. Su lucero entró por mi ventana. Tan pequeño y cegador. De marfil no era la mujer. Ni de piedra. Ella era mi Galatea.

Aunque yo no la hice, ni la deshice. Ella me construyó con los retazos de un alma que tenía por el suelo, olvidados. Mi materia —esta cosa viva, casi muerta— estaba descompuesta, podrida. Ahora está aquí, bajo mi sudor y entre mis penas de azul Magritte, de amarillo trigal, tirando a bermejo, como un sol tímido e introvertido, como era yo a los 8 años. Era esta materia completa, un accidente, un juego combinatorio de partículas que volverán algún día a unirse. Una suerte de masa, extensa, pero sin espacio; eterna, pero sin tiempo. ¡Qué de la nada nace tan poderoso como el amor! ¡Cursilerías, pendejadas, sensiblerías por puro tedio! La quiero porque no tenía nada que hacer los domingos. Hizo un gesto insultante al rostro frente al espejo y no esperó el agua caliente para ducharse.

Antes —bien lo recuerdo, el 22— al teléfono y con voz metálica, le hablé. No podía saberlo, ni verlo, pero ella estaba tirada boca arriba en su balcón mirando al cielo, su brazo izquierdo levantado formando una L para controlar la visión, limitar lo infinito. Te dije que se encontrarían hoy, le dije. Nunca me crees. Tienes el mal de la incredulidad. Pero está ahí más presente que tú misma. Una luna incompleta, de cuna gitana, a pasos del punto brillante que es Venus. Será una señal. Todo es una señal. ¿No te lo he dicho ya?

Al otro día en la tarde —sí, el 23, bien lo recuerdo— nos quisimos un poco. Luego fue lo de coloca tus manos así, en el pubis. No sonrías, suéltate el pelo, clic. Una pena que tu cabello no alcance hasta allí. Otra y no te molesto más, clic, clic. Esta me la guardo. Y esa noche, ya te dije, sudé como si hubiese recorrido un derbi, sin gríngolas ni lengua amarrada.

Por días intenté cercarla, pintarla, escribirla, mirarla, recordarla.... La seguí por todas las huellas que le que pude encontrar. Con los ojos en el diccionario le espeté: *prolija*, *prolixus*, extensa y distendida, como esta tierra. Vas caminando por cualquier acera, escupes a un lado —barro, cemento, calle o callejón— y al otro día, puff, una planta; puff, una florecilla; puff, un hongo verdísimo y ennegrecido. Nada te detiene en esa obsesión de engendrarlo todo del agua. O tal vez, si te miro de frente y con los ojos entornados, eres una almeja. Sí, naciste de una almeja abierta. Mujer marina. No. No es un insulto, aunque te lo mereces, por llorona.

Ya basta. Suficiente por ahora, que esta historia no va de él. Volvamos a lo que vinimos. Vero, ¿te acuerdas? La dejamos atravesando la plaza. Ahí va renovando su marcha. Rueda que rueda con su noria.

Así me conoció y así me querrá. Diosa de la fertilidad. Me dirá que fue magia. Y yo que le aseguré que todo iría bien. Que todo estuvo bien. Pero no. Me fallaron las cuentas. Me tomó tiempo esa aritmética fallida, pero ya es seguro. Ni tan seguro, Vero, ni tan seguro. Ya verás. Ya veré.

Sonríe. Mira al grupo de las viejas de siempre, con los perros de siempre, con los nietos de siempre. Algunos en brazos, otros amarrados a sus collares tejidos, a sus bufandas de colores, como criaturas abrigadas bajo un crudo invierno. Ridículo Caribe. El sudor anula el sentido del olfato. Ni el orégano molido, ni el carbón ardiente, ni el salitre rastrero, se huele bien tras ese golpe de olor a sudor canino, a orines de esquina, a mierda seca y continua. «Soy la arena...». Soy de arena, y me les escapo entre los volantes de las batolas descoloridas como el agua sucia. Me les escapo porque soy de arena, «que en la playa está tendida, envidiando otras arenas». No. No estoy quieta, ni añoro, ni envidio. Además, ¿me creerías que el azul no es mi color? Está por todas partes, pero no parece adherirse a mí, como el aire reseco. Me toca, me pellizca la piel como lija caliente, y se va. Él se irá cuando se entere. Yo me quedo.

Bordearé la fuente de las estaciones por la izquierda. No, por la derecha. La *Primavera* me mira, tiznada de un blanco asqueroso que esconde todo lo que se dice y nunca se hace, de todo lo que parecía estar y nunca fue. Pero detrás de tanta mierda hay algo. Algo hermoso, creo. Sé que cumplirá cuatro cuando suba al carrusel de los doce caballos enanos al lado de la fuente. Prefiero que suba a la rueda interior. Son sólo cinco caballitos, pero es más segura. Estaré inquieta, sujetándolo con ambas manos. Él me sonreirá con sus ojos inmensos, bien abiertos. Su padre nos esperará afuera con el paraguas en la mano y mi cartera. Saludo con la mano, señalo con el dedo, «mira a papá, saluda a papá», le digo. Le diré que en estos carruseles nos besamos por primera vez, porque siempre hay una primera vez para todo: para hablar, para caminar, para comer fruta y sonreír. Incluso para besarse. Pero antes tendré que parir, tendré que gritar como la que más, mereciéndome el premio de pertenecer a ese honroso gremio. Qué no me rajen el vientre, que no me rajen el vientre...que no. Se topa con las hojas secas de un almendro viejo, regadas por el suelo resbaloso. Se detiene y danza que te danza las rebasa saltando de puntas.

Tendré que jugar. Y hace tanto tiempo que no juego, si es que caminar descalza sobre la hierba húmeda de rocío no entra en la categoría. Después de todo, los verbos sirven para señalar cualquier cosa. Si me atreviera, le daría nombre propio a todo esto: la angustia de saberse o no saberse en un estado que te cambiará la vida para siempre. Pero no se trata de cualquier estado, sino de este en particular, que sólo pueden sufrir las mujeres por designio de dios o por culpa del diablo. Maldita serpiente.

No podré tirarme en las vías del tren para purgar este pecado. No hay vías, ni trenes ya hace más de un siglo. No tengo una falda larga y voluminosa para ventearla por los aires mientras caigo en las ruedas de un hierro durísimo que no se detiene. No se detendrá sobre mí, porque no existe ya. No purgaré este pecado mínimo, del que no me asusto ni me arrepiento, porque lo veré envejecer, lo escucharé, lo tocaré, lo oleré como al aroma de cualquier mediodía, tras un palo de agua que no cesa. Lo veré mirarme, mientras se mira en mis ojos y yo me veo en los suyos, en un eterno buscarse en el otro que es uno mismo y distinto.

Antes de cruzar la calle se detiene y se sienta sin aliento en su banco favorito: un ramal cuadriculado de cemento, unos troncos de hormigón que imitan o cedros, o robles o algarrobos. Fueron el diseño original de un tiempo en que lo orgánico, lo terrestre y lo natural se imitaba en los hierros, los cristales y el concreto con el que se construía esta ciudad. Era —sin intenciones, me consta— la declaración de la vergüenza, del asesino en serie, desaparecida ya la víctima. Era la insolencia del que creía superar con una intempestiva fórmula química, geométrica, simbólica, lo que tardó millones de años en formarse. La naturaleza no piensa, no le di ese don. Hace y deshace. No tiene voluntad, pero proyecta en plazos largos. No tiene memoria, pero gusta de recordar por días, por semanas, por años, por lustros. Vive sola, siempre presente, sabiéndose a sí misma, siendo todo lo que hay, todo lo que fue y habrá, por los siglos de los siglos amén. ¡A qué no te esperabas mi diatriba! Las malas lenguas dirán que yo fui el responsable, que el hombre propone —con toda la pervertida intención— y Dios dispone (siempre me nombro con mayúscula). Pero, no tengo que ver. Nunca he tenido que ver en estos casos. Lo de María fue un terrible malentendido. Pasemos a otra cosa. Volvamos al otro lado de la ecuación.

Ese sábado —el 23, creo…no…estoy seguro…fue a mediodía— la vi esperándome allí como casi todos los sábados. El tercer banco desde la esquina derecha. El que cae justo bajo dos almendros que han roto ya la acera. Chiquilla loca, muñeca de cera o de trapo. ¿Qué te traes conmigo? No te sientes ahí mucho rato. Después de horas, esos bancos te dejan el culo adormecido, aplanado, amarrado como un nudo de piedra volcánica. Mira lo que te digo en todas esas imágenes para que sientas ese dolor más intenso. Que ni parir duele tanto. Y qué se yo de eso, que nunca pariré ni una ameba. Luego, me le planté de frente y por sorpresa, cámara al cuello, brazos en jarra. Abrió sus enormes ojos, cerúleos, no, de plomo. Hoy será distinto. Todo estará imposible de gente. Metámonos en la cueva y juguemos.

Así ocurrió todo: un simple juego, un divertimento en día de fiesta. Sin entrenamiento ni plan. ¿Ahora lo entiendes? Los veo por millones a diario para mi honra. Sólo son culpables de usar ese albedrío que les di.

Me planto un instante en el escaparate de los novios. Desde niña están ahí. Ya la foto tiene una pátina de ámbar, de amarillo viejo y desgastado. Los amantes están en un eterno beso. Digo eterno porque me da la gana. Sólo sé que están desde que tengo conciencia. Y tal vez seguirán ahí cuando paseemos por aquí, camino al colegio, o al chino o porque necesito pastillas para el dolor de barriga. Él la sostiene con un solo brazo mientras la arropa con el otro. Tantos días de tantos besos. Farmacia *El beso*. De la piedra de Rodin, de las parejas posando para Doisneau, de la euforia victoriosa de Eisenstaedt, del abrazo de oro de Klimt. Todos los besos de la historia, en un pequeño espacio que me refleja, me rodea, me ruega, me ríe, me rasga los ojos con tanto espejo. Abruma y dan ganas de tirarse sobre el primer ser vivo para morrearse, malgastarse, mutilarse, mirarse, mearse de ganas.

Desde mi balcón no puedo alcanzar esta esquina. La esquina por donde él suele entrar a la plaza, con su andar sincopado, suelto, disuelto como semilla de espuma deshaciéndose entre brisas. Y lo veo con su chaqueta mostaza, con lo que odio ese color. Y sus zapatos anchos como de payaso en paro. Eso le digo de broma para verle los dientes. Tiene una sonrisa que también será de él cuando se haga un hombre y cumpla los veinte. Me dirá «madre». Prefiero que me lo diga así con voz enronquecida y ceremoniosa. Con una mirada ennegrecida y cejijunta.

Ese día, casi le reprocho, con media sonrisa de des-enfado. Me miras en pedazos. Los ojos, clic; las manos, clic; las orejas, clic, clic. Un rizo, clic. Desnuda no. No me dividas desnuda por el lente. Sé que me prefieres sin color, no te ofendas. Pura forma y luz para que te llague los ojos, para hollarme en tu memoria. Vicioso. Viciosillo. Voyerista. Las fotos nunca me las entregó. Eran lo que quedó de mí en aquel sensible insensato [s|c]ensor, que calmó a los radiantes fotones, hasta convertirlos en una diadema de «de-amantes», de ceros y unos enhebrados. Las vi fugazmente esa misma tarde, en menos de un segundo. Como el cortísimo tiempo en que se abrió el obturador para dejar entrar esa luz que emanaba de mi cuerpo, que no fue su cuerpo, sino un préstamo. Un préstamo a corto plazo y a bajo interés, porque me dio la gana. Porque soy así de generosa con él y con su maldita chaqueta mostaza.

Me volteo y apenas veo mi balcón al otro lado. Sus ojillos grises mirarán por entre los hierros de ese balcón, hierros engrosados, costrosos, hinchados por el salitre. Buscarán a su mamá. Me buscarán inquietos porque adivinará desde pronto y a lo lejos que llegaré cerca de las cuatro, cuando su abuela lo saque al sol e intente aquietarlo mientras teje, que teje, que teje. Niña loca está. Nunca escucha. No es tonta, ¿me entiende? Se lo digo, a usted doña Monse, porque es de confianza. Pero se busca unos novios, más locos que ella. Y ahí está el niño. Que ya va para los dos años, y sin ver a su padre. No, él no es de esos. Huirá de mí, pero no del niño. Mamá no lo entenderá. Como tampoco entendió por qué me vine a esta ciudad de puertos, de marineros lascivos y desesperados, de estudiantes revoltosos y exigentes, de políticos engreídos y colmillos de avaricia. Pero también de ilusionistas, de magos y saltimbanquis, de arlequines y bufones, de hombrecillos altos y niñitas de faldas de tabletas y manguillos de volantes. Es la ciudad de luces amarillas de halógeno que invita al sueño, mientras caminas del brazo, sin quererte despertar, con la voluntad preñada de intenciones, con los recuerdos desbordándose por las sienes, y la mirada, y el oído, y las manos respirando ese momento fugaz donde todo parece estar y no estar tras el continuo clic, clic, clic. ¡Te tengo!

Apenas unos minutos atrás —sí, el tiempo corre, re-corre, se corre— miraba la plaza, desde ese mismo balcón, sentada en el suelo helado de baldosa florida de lis. El marco de mi rostro era un laberinto de espirales, qué áureas, qué hiperbólicas, qué logarítmicas. Espirales de hierro recién colado y marronísimo. Es mi manía de estos días, desayunar frugalmente y sobre el suelo, viendo a los madrugadores cruzar la plaza. Sin perro, sin gato, solo acariciada por la fresca de ese azul, que no ansío, pero tampoco rechazo. Dentro de un rectángulo perfecto coronado de madera en marco. Dentro de una pecera agujereada, forjada con el árbol de Klimt, hecho leña, hervido de metal, brotando vida. Sí ya sé, ese austriaco me vuelve loca.

Repaso el camino recorrido. Tres minutos apenas. Seremos tres. A mi derecha, la iglesia está cerrada, herrada, errada. Su escalinata está más triste que un huérfano sin nombre. Alguno que aún no despierta desde anoche se acomoda mejor a lo largo de los primeros peldaños. Manos de almohada en la cabeza, pierna cruzada en la otra para mantener el equilibrio. Dios no trabaja los viernes o nadie quiere jugar con él al escondite. Creí de repente oír un clic a lo lejos.

Los minutos no se detienen. Pasan saludando y ella no entra. Piensa y piensa sin voltearse. Una pieza más frente a la vidriera, con las manos dentro de los bolsillos. Mañana diré «hoy lloverá», cuando me tope en el rellano al vecino y me vea salir con mi enorme paraguas de sombrilla de playa. Lo anunciaré ante ese sol inclemente que se presagia afuera en el resplandor ciego de los vitrales, en el vapor de nuestros sudores, tras la camisa, tras mi sostén. Paradoja de los objetos: lo que te protege del sol, dispersará las gotas de lluvia sobre mi cabeza. «Sí, lloverá hoy», me escucharé repetirle, apuntándole al sonido, casi visible, arriba en la escalera. Un coquí entre bromelias, por el mero antojo del vecino del tercero. Las dejó allí, sin más, como el que despeja los trastos del cuarto y se olvida de volverlos a entrar. «¿Lo escucha?». Allá arriba estará el tiesto con su coquí incluido, que gusta de anunciar la lluvia, cuando todo parece estar invadido por una inmensa nube, ola de calor.

Julio o Julia. Juliana. No. No puedo hacerle eso. Tendrá para siempre la imagen de un calor insoportable, de un vaho de fuego que sube del pecho hasta el rostro. De los cachetes inflados, calientes y sucios de sal. Usará eso como gancho: fui concebido en la noche de San Juan. Mirará cachondo con sus ojazos negros, o marrones o azules, a la niña que inclinada a decir que sí, le negará graciosamente ese privilegio de haber sido concebido a conciencia, calculadamente, con día y hora señalados.

Evasiva, deja de mirar lo que está de frente. El sol está cambiando las sombras que había visto apenas unos minutos. Hoy el vitral de la escalera dibujó figuras iridiscentes en mi pared. Apenas abrí la puerta cuando me arropó la penumbra polvorienta de un rayo de luz a mi izquierda. El vecino estará aún dormido. Desde su retiro, raras veces tropiezo con él en el rellano. «Buenos días, señorita», muy formal como los hombres de antes, de antes que yo naciera, y seguro de antes que naciera mi padre, el maldito. Recordarlo casi me arruina esta salida imprevista, pero necesaria. Me detuve en el umbral, viviendo más para mis adentros, que para este escenario catedralicio de suaves aromas a lavanda, de tonos pasteles, fuera de mi tiempo, que no es recuerdo, sino mi presente, bien presente, *presentao*, majadero, que me obliga a extrañar mi sangre. Esa costrosa sangre que no me baja, que se me esconde desde hace dos semanas. La primera semana no la extrañe, como se olvida uno de los parientes que se van de vacaciones. No los hecha uno de menos hasta que alguien pregunta «oye, cuándo llegará Vero o Vinicio o Violeta o García». Entonces todos se voltean a mirar algún espacio vacío. El vacío que dejó ese que se fue y que ocupaba regularmente. Así con mi sangre. Sin darme cuenta comencé desde entonces —a escondidas de todos— a acariciarme el vientre en un caprichoso requerimiento, de súplica tierna, para verla regresar.

No recuerdo ya ni cómo llegué hasta aquí. Bajé, me detuve a dos vueltas para el portal hacia la calle. Algún sonido me llegó de un piso superior. Sonido de un chorro de agua, que desee fuese de un salto de agua, que desee fuese de una apagada e insistente lluvia, que desee fuese de mi orín matizado de rosa. Pero no. Sería de un fregadero con los platos sucios de anoche, con los platos sucios del desayuno de alguien que estaba tarde para el trabajo o que se tomó el día para irse de paseo, ver a los turistas, tomar el tibio sol de esta hora, o escribir su autobiografía.

Temí. Y no tanto por mí, sino por él. A quién se le ocurre darme a mí, este poder de traer niños al mundo. «Deberían pedir impuestos por esto, o pagar una penalidad, o tomar un examen de capacitación». La naturaleza no tiene moral. «Loca. Eres una loca disparatera», dirá mi madre, y zas, zas, me cruzará la cara con sus dedos. «Por fresca, por puta te pasan esas cosas». Tanta carga, tanto peso en estos hombros, bajando estas escaleras. Conté cada paso. Piso sólo con las puntas de los pies, como siempre he hecho desde que vine acá. Es una manera de endurecerse, de saberme algo más que materia viva entre tanto cemento. Bello cemento, revestido de niña coloreada de flores de malta, de tréboles, de parras o de hojas de aguacate. Bello cemento coronado de listones de madera labrada y de cristales atados a plomo. ¿En qué momento todo esto fue creado? ¿De quién fue la idea tenebrosa de salir del verde monte, de la cueva cálida y húmeda, para complicarnos con estos ritmos, estos planos, esta geometría temeraria y frágil a un tiempo?

Hablaba muy en serio cuando lo apercibí. No me quieras como te quiere tu dios. No me quieras como a tu perro o a tu pez. No me quieras como el pájaro de rapiña mal hablado guaraguao, de alas tiernas. No me desprecies tampoco por ser yo, distinta de ti y de tus credos. Para justiciero, me basto sola. No me quieras con fecha de caducidad. No soy un cartón de leche. No soy la muñequita de cuello quebrado esperando un beso. No quiero ningún infierno al final del túnel. Soy ahora y como ves, como tocas, como escuchas. Si te apetece estoy completa, pero no me regalo. Te costará. Así de frente y de espalda, desde arriba y desde lo más bajo le dije, le re-dije, le re-que-te-dije, para espantar los equívocos, para que se convenciera de que todo esto es real. Él pensó que era uno de esos arranques poéticos de sábado o viernes en la noche, que se me había subido la cerveza a la cabeza, que el humo del cigarrillo había empañado mis ojos. Luego me garabateó unas líneas en mi servilleta, parco y discreto, en su particular jerga cifrada, que a veces comprendo: `while (you.exist()) {`

i.love (you); }. Así es el amor, una cabra loca e inspirada tocando el violín en un cielo ultramarino y estrellado.

Cruzar la calle alrededor de una plaza es tan seguro como viajar en avión. Por alguna razón, que apenas intuyo, las personas detienen o desaceleran sus autos, en una muestra muy singular de solemnidad. Es que la plaza representa algo. Un algo venerable, pero remoto en la memoria. Un algo ya concentrado en un nombre que se dice rápido y sin trueque semántico: plaza mayor, plaza de armas, plaza Colón, plaza de las delicias, plaza de los sinsabores, plaza de la esquina, la des-plaza. En fin, vivir frente a la plaza es un privilegio y un sacrificio, a veces mortal. Es lo que se tiene que pagar para sentirse distinto, fuera de la masa, diría que «sexy», y no por lo sexual, sino por atrayente, como el camión de helados frente a la escuela.

A veces, lo mejor es estar callado y dejar a los demás hablar. Aunque sea eternamente. Así he pasado mis días. Mirando y escuchando. Hoy es Vero la que me ha robado la atención. Silencio. Oigo murmullos.

Eres más que un objeto; eres más que un sujeto. A los treinta, aún se es joven para escribir la autobiografía. No sé pintar, no canto ni bailo, no juego al fútbol ni al baloncesto. No enseño las tetas y menos aún el culo en comerciales de televisión, si es que algo de eso queda. Y ni siquiera me pasa por la cabeza abrir un canal en YouTube. Pese a todo eso, me sé el cielo y sus constelaciones de memoria. Y puedo recitarte poesía en un ruso, que me sale afinado, aunque no lo conozca. Y puedo mantener una larga y divertidísima conversación sobre mucha gente ya muerta que, en algún minuto de esta cadena sin fin, fue honorable, admirable, deseable por alguien o por muchos. Por eso, aunque muera por quererte, no tendré nada que diga de mí ni de mi zozobra, de mis llantos por nada o porque sí, de mi risa tronadora y mis dientes en caravana.

Y si él no me recuerda entonces, ¿quién lo hará? ¿Dónde dentro de ese fenómeno que pocos entienden estará mi andar, mis manos, mi bostezo? ¿Dónde esconderá mis ideas, mis palabras dichas con dureza o con ternura? ¿Qué será de mí, si no me piensa de viejo, si no repite eso de «mi madre decía…», «mi vieja era….», «loquita era, sí, pero muy mona»? Sólo si me cuelo entre sus ojos, si me dibujo en sus labios o en su barbilla. Sólo si me entrometo en sus gestos, en la mano acomodándose el pelo hacia atrás, alejando el fastidio de ese remolino testarudo e insistente. Ese remolino que heredé de mi madre cuando lo soñó en mi frente en una noche de fiebre poco antes de yo nacer.

Todo es una señal. La mancha ovalada en la pared, la mosca ahogada en la taza de la sopa, la gritería en sol menor de los vendedores en la calle, el ruido ruin de los autos al encenderse. La cabeza me da vueltas buscándole el sentido a este caos, a este sinsentido en que todo parece que será y aún no es. Y que de pronto se te planta enfrente, retando los pulmones con su frescor ingrato y ajeno, siendo más que siendo. Un insulto, un susto, un disgusto: «aquí estoy». Safio, impertinente.

Esperé a que me atendiera el muchacho nuevo. No quise ser el chisme del día para Lourdes, para Marquito, para Ignacio ni Rosario. Dirían cualquier sandez. Todavía no sé qué diré para explicarlo. Nadie me conoce bien. Nadie lo conoce bien. ¿Qué puedo decirles? En cambio, cuando le entregue la cajita al muchacho nuevo, me preguntará con el libreto bien aprendido «¿Consiguió todo lo que buscaba?» Y me dejará con las ganas de decirle que la vida ha sido por tiempo un asco, que a veces me he rendido a la desesperanza y al desprecio, que añoro con ansias lo que no sé ni he visto, ni he sentido aún. Pero que todo pinta bien, que en unos minutos de esta mañana sabré lo que debí saber desde el momento que abracé, a ese que tanto perseguí, con mis brazos sin pensar, sin miedo, sin arrepentimiento. Porque era él quien estaba frente a mí, porque no quería que fuese de otra manera que de esta, en la que ambos dijimos sí, que se joda, que la pasión no se reprime un día como hoy, de fiesta, de fogata y chapuzones nocturnos.

Regresé de prisa, en dos minutos, en un minuto y medio. Esta vez no me voltee a mirar la esquina de las manos. Subí a saltos de dos en dos las escaleras. Abrí la puerta de prisa, sin ver el lagartijo diminuto y disecado de hace tres días. Corrí al baño, me subí la falda y me senté en la taza. No me mires así, te juro que es cierto.

Y aun cuando no pude detenerlo, aunque no pude contenerme de lo hinchada que tenía la vejiga, miré hacia abajo, entre mis piernas, al lugar donde se aclararían mis temores, mis

alegrías futuras y mis angustias pasadas por
agua. Allí abajo, entre el sonoro romper del orín,
casi blanco, casi ámbar, entremezclada,
incipiente y ahora intensa, baja esa maldita
cochinilla, de rubor, ahora bermeja, que tira de
pronto a carmesí, a grana, a granate, de
pintalabios mágico —qué más te puedo decir, si
ya lo sabes, ya lo intuyes— la mancha roja,
totalmente roja.

# Sísifo, los sábados

«*Por más que busco no encuentro
tu boca en los matorrales.
Rosalía, dímelo pronto.*»
—J. L. G.

Piernas abiertas, brazos extendidos. El secreto
gremial de los recién nacidos para un largo
sueño, que se convertirá en descanso eterno
cuando yo me muera. Pero eso será luego,
espero que no muy pronto. Hoy, me basta
abandonarme al aire liviano y terso sobre la piel,
ligero de ropas o liberado de ellas. Pero el sol no
perdona, entra de frente cuadrando de sombras
este rostro tan viejo y tan cansado. Lo sé porque
no he podido evitar mirarme en el espejo desde
la cama. En realidad, lo doy por cierto, aún no
me pongo los espejuelos.

   ¿Quién hubiera imaginado el fin, cuando
se está todavía al principio? Si alguien, cualquier
fulano de la calle, una bruja o adivino, una
psíquica o mi mejor amigo, me hubiera dicho:

«Oye Manolo, a tus setenta años todavía estarás pensando en retirarte y no lo harás.» «Retirarme de qué, si aún tengo treinta, digo que tengo cuarenta, digo que apenas estoy en mis sesenta.» Mañana cumpliré mis setenta y uno. Justo ayer me despedí de todos. «Ahí los dejo», dije. Lágrimas de surco extendido por alguna mejilla, mocos en servilletas, risitas conspirativas, comentarios atrevidos, tímidos, susurrantes o a viva voz. De todo un poco.

Rosalía ya se me fue, si de detalles quieres que hablemos. A sus sesenta y dos apenas. Un cáncer. Yo casi ni me entero. Ella era así, sigilosa y protectora, con sus hijos, conmigo. Cinco años ya. Justo ahí, a mi lado al borde de la cama, cada domingo me despertaba con su canto. Su *la-la-la* sagrado y eucarístico, de mesosoprano por lo bajo, de chillar cálido, prolongado y saltón. Allí, frente a mis incrédulos ojos, tantas veces me cantó, cuántas veces me cantara. Cuatro años de diferencia nos llevábamos. El número perfecto para las parejas felices decía su madre. Al final, no se equivocó. No del todo.

Pero este es otro día y ya toca descansar. Digo —que se me entienda bien— toca retirarme. El bendito sol me avisa que ya es de día. Rutina de sábados: bajar por el pan caliente, hervir la leche, el café espeso. No he podido igualarlo, qué te puedo decir que ya no sepas. Cinco años y aún no puedo igualar la *fórmula* —sí, la fórmula, le decíamos de broma— con que ella me colaba el café. Calla, calla, a ducharse y por el pan.

Manolo —el retirado— se ha levantado temprano. Por mi sagrada voluntad dispuse de un sol rasante directo a su cara de papa seca. Envidioso viejo que se cree mejor que yo. Hace siglos —si se me perdona la expresión— que no me reza ni me piensa. Si mal no recuerdo, creo que nunca me creyó. Así son algunos, muchos, hoy día casi todos. Manolo —el solitario— cree que ha inventado el día de descanso, mi día de descanso. El retiro no está en mi diseño, ni para el hombre ni para la mujer. La paz sea conmigo.

Ya en el baño lo confirmo. Con los espejuelos colgando de la nariz y las greñas grises en vilo veo esa figura escuálida de papada colgante y líneas conformes a alguna fuerza gravitacional en las mejillas. El tiempo ahora es, será —pienso— muy largo, muy ameno. Habrá tiempo para aburrirse, para enterrarse en la memoria de otros tiempos. Encenderé la radio hoy, aunque no sea domingo.

Antes de salir, Manolo —el incontenible— recordó cómo, había descubierto por sí mismo el secreto para un sonoro disparo de orín sobre la taza del inodoro. Fue tal vez la prevención de los gritos de su esposa —a veces yo también dudo— lo que le impulsó la inmediata decisión de colocarse sobre la taza, como un coloso sin bahía, como una torre de distribución eléctrica, como las piezas de un compás biológico. Relajado, y con leve escalofrío, dejó salir el hilo perpendicular, traslúcido y áureo, de todo cuanto había bebido aquella noche. Fue la celebración del último aniversario de bodas. Con la que estaba cayéndole, tuve algo de compasión por él. Pero aparté pronto de mi ese cáliz.

Para no fallar, orino sentado. A veces me distraigo y me quedo allí unos minutos, divaga que divaga —tres y nueve son doce y llevo uno, y «yo no he visto a Linda, parece mentira», ♗h1 ♖xh1...a8♕ ♖d1...♕h1 ♖xh1... a7— mientras el agua sigue saliendo como lluvia controlada y bajo techo. El vapor que sube me anuncia que es el momento del baño. Los tobillos ya no los toco. No me arriesgo a la maniobra de inclinarme sin que lo resienta la espalda. No he movido su esponja ni su cepillo ni las pastillas de jabón en forma de rosas. Las rescaté del zafacón la última vez que vino la niña.

Hace mucho ya que las duchas frías no son para Manolo, el higiénico. Le gusta lo tibio, lo medio cálido, lo levemente humeante. Conozco ya esa inclinación. Así comienzan todos: a huir de la ternura del frío, del gélido paraíso, de la tundra húmeda y celestial que les espera cuando se les vaya lo que tanto los detiene, los impulsa, los deleita.

Me visto con cualquier trapo de camisa, los vaqueros más viejos y mis sandalias griegas *Made in China*. Desde que ella se fue, mantengo la costumbre de bajar andando. Usar el ascensor para un mero piso es una vergüenza. Bajar a pie es la victoria mínima contra los huesos entumecidos, las piernas cansadas como postes. Disimulo a veces y arqueo el brazo al pie del primer escalón. Cumplo con el rito de esperarla y tantear juntos ese salto al vacío quebrado de escalones que nos llevará a ver el sol de afuera.

Ahora, al fin, llega el momento que se desea toda la vida y llega siempre tarde. Ahora, al fin, podré hacer lo que siempre quise que es...Tantas cosas, escribir, viajar, mirar la plaza todo el día, sin agenda, caminar sin itinerario, mirar y mirar hasta cansarme. Desde hace un año voy urdiendo planes. Tengo los pasajes comprados, y la computadora portátil nueva. Ya estoy listo para subir a la azotea con el caballete a cuestas y la maleta de óleos. Ver la ciudad desde arriba, pintarla desde la lejanía, escribirla desde lo más alto que puedo. Ojalá no llueva hoy.

Ya en la calle, mato el tiempo con cualquier cosa, un perro realengo, unos niños persiguiéndose, una vitrina iluminada. Entonces medito en mis cosas. He pasado toda la vida creyéndome un cuerpo tallado en números. Vivo bajo la teoría —sin comprobar, estoy en ello— de que los números son la materialización de las formas de lo posible, de lo íntegro, despojado de vestiduras, sin color, sin olor ni otra diferencia que el ser distinto de todo lo demás. Lo que reconozco como *el otro*. «Ya Manuel, que me mareas, mejor caliéntame las manos que tengo frío. Eres más seco que la paja, viejo», me dirá su rostro que aparece y desaparece en la vitrina.

En la oficina me conocían bien por mi pulcritud, mis números floridos y mi exagerada puntualidad. Regresé a los pocos días después de lo que le pasó a Rosalía, como decían ellos. Me miraron con asombro, comentaron por lo bajo algo, alargaron los minutos del café, las reuniones tuvieron preludios más amplios. Se aludía a «lo que le pasó a Manolo», dando todo por entendido. Los más cercanos me susurraban con solemnidad el «le acompaño los sentimientos». Pero yo nunca los vi aquí adentro. Nunca vi alguna sombra ni aroma ni murmullo frente a esta soledad del día siguiente, de esta lacrimosa silenciosa, de este vivir fuera del tiempo. El negro de rigor me lo quité al mes.

A Manolo —el hominem— no le luce el negro. No va bien con su cabeza. Su pelo, harto de canas, relumbra, alumbra, deslumbra, como guajana salvaje sobre un charco de brea. Su pena, penita, pena, merece otros tonos, otras luces. El violeta cuaresma le propongo discretamente cuando le planto en el camino los paños de mi sagrado templo que nunca visita. Violeta, antes noble, ahora plebeyo. Me he tenido que ajustar a los tiempos de la explosión industrial prestando mi color a las ropas de cualquiera. Accidente químico que me olvidé detener.

Atravesé la plaza con la derecha en el bolsillo del pantalón. El viento me azota un poco en las mejillas. La crema, se me olvidó ponerme la crema anoche. Y ya escucho la vocecilla entre mis cejas: «Viejo, la crema, la crema, que te levantas hecho un asco». Tendré la piel cuarteada como tierra quebrada. Ya a la salida me topé con la chica de al lado, con su abrigo inmenso, paraguas en mano y botas de lluvia. Lloverá hoy.

Manolo —el estirado— cruza la plaza como un dandi, con una cadencia juvenil aparentando tranquilidad, un sosiego que no niego he querido alterar desde que le vi nacer. No. No le temo al ingrato ese. Después de todo, el no reposa como yo. Él no tendrá la paz que sólo yo poseo, ni el descanso eterno que me he inventado para mí mismo. Eso no lo pienso compartir, para serte más franco.

Manuel —Manolo, para sus más cercanos, yo entre ellos, si se me permite la paradoja—, el aspirante, travesea por las veredas de la plaza. Busca algo que no encuentra. Y si lo encontrara, no lo vería. Porque ver, ver —lo que se dice profundamente ver, interpretar, significar, saber— solo yo puedo. Es un regalo que me di a mí mismo desde mi eternidad contemplativa y dolorosa. Sufro, no sabes cuánto, porque nadie tiene esta inmensidad que no puede recogerse ni pensarse.

En la panadería, saludo a todos a manera de preguntas, que no espero me respondan «¿Qué hay para hoy?» «¿Cómo va todo?» «¿Algo nuevo?» Me he ganado el derecho de ser atendido primero. Todo el mundo cede. Antes era el quinto o el tercero. Tomasa tenía casi noventa. Miguel, ochenta y tres. Irene, la de la otra esquina llegó casi a los cien. Todos muertos ya. A mis setenta y uno —ya casi— soy ahora el primero. «¿Cómo, don Manuel? Pase al frente. ¡No faltaba más!» «¡Qué hace usted ahí!, no lo había visto, ande pase, pase.» «Llegó don Manolo, atiéndalo primero, yo espero.» Y así todo el mundo. A veces se gana, a veces se pierde.

El día pinta bien, a pesar de la lluvia que presagian las botas de la chica del 2B. Nunca falla, la brujilla esa. De vez en cuando me detiene en el descansillo de la escalera. Un día, no hace mucho —hace unos años, cuando recién se mudaba y apenas me conocía— me leyó la mano y dizque lo vio todo. El sufrimiento a veces se marca en la piel y no es necesario mirar a las manos. Por aquellos días, yo era un saco de huesos, con Rosalía apenas muerta. Los hijos en el carajo. Acertó con el número de hijos y la cantidad de novias que tuve. No quiso decirme cuánto me quedaba en este mundo. Aunque me miró con cara de «apenas nos dará tiempo de conocernos».

Manolo —el aprendiz— muere porque sus sueños se hagan realidad. Cree que las cosas son y punto. Es un error común de todos como él. No se dan cuenta de que lo que creen saber ahora es un grano de arena en el universo de lo posible. Un simple átomo que les pongo en el camino para que se convenzan de no estar solos, vacíos e inciertos, y vivan.

Ya me dieron el pan caliente y el cuartillo de leche del día. Nunca compro más. Es un buen pretexto para salir a saludar, a hacer gestiones, diligencias, trámites, deambular por estas calles, a veces medio vacías, a veces medio llenas. Es una extraña sensación, noción, intuición, saberse otro, separado de esta inmensa masa, llamada gente, y detenerse mientras caminan en dirección contraria, con sus propias vidas que no conoceré, que a veces envidio.

Por alguna extraña razón no vi a Inés en su banco de la esquina. No vi la pila de las viejas *Cosmopolitan* que a veces intercambia por un desayuno. No que alguien se las pida, sino que ella las ofrece. Un particular intercambio de lo que nutre por un lado y lo que se vacía por el otro. Habrá dormido en otra parte, supongo. Pero eso lo noté al regreso. En la ida no, pues anduve muy distraído, con eso del retiro y mi cumpleaños. Alguien me llamará supongo.

Manuel, el señor Manuel —que no se diga que soy irrespetuoso— el compasivo, el empático, cree que tiene que compadecerse de los demás. Mira, remira, a los que andan por ahí, sucios de hollín, sudor y agua estancada, con zapatos o sin ellos, acarreando viejos paños, mudos papeles, cabezas rotas de muñecas de plástico que alguna vez sirvieron para reír. Él no tiene la eterna compasión que yo tengo. Él no tiene algo tan bonito e ingenioso como un paraíso eterno y silencioso. A él no lo contemplará nadie eternamente con ojos inexistentes —no le puse ojos a las almas, un fallo técnico— como a mí, esa luz que soy yo mismo. Esa luz que soy yo para bien de todos, igual en el vacío, como en la tierra.

Ese primer sábado no esperaba nada. O al menos nada diferente de todos los demás sábados. Nada ocurriría, aunque ya al prepararme el café quemé la leche. Algún vecino maldijo o gritó de euforia —no lo sé— el 3B, seguramente. Luego, desde el umbral de la puerta, se me acercó su imagen nuevamente. Venía risueña, con una risita cansada, de mal dormir. «¿Quita, quita!», me decía apartando el cacharro con la leche mal oliente que acababa de mal hervir. Tenía ya entonces un pañuelo sobre la cabeza. Ese era el décimo que le compraba en el mes, por aquello de aparentar que hacía algo valioso que la confortara siquiera un poquito. Yo le elegía las líneas geométricas, pero pronto me di cuenta de que ella las odiaba. Era un novato para esas cosas. No recordaba, antes de aquellos meses, la última vez que le había regalado algo para la cabeza. Pero —su nombre bien lo denotaba, cualquiera lo notaría— ella era de flores. Rosalía adoraba los crisantemos y los colores claros, los olores tenues y los sabores levemente agridulces. Recuerdo que quise tomarla de los hombros, pero ya la imagen no era, no estaba allí. Volví a quemar la leche.

La mañana de ese primer sábado fue corta. No me dio para más. Temí subir a la azotea a mediodía. Dije, esperaré a la tarde. Habrá tiempo de sobra. Y no lo hubo. Luego de la sopa boba de las doce me quedé en el balcón, quieto, mudo, sordo. Las horas pasaron, los turistas pasaron, los vecinos pasaron. El carrusel de los enanos se movió, giró y giró en la tarde en medio de los gritos. La glorieta de los novios los recibió con el suave encanto de una luz azul que iba dorándose al caer la tarde. El reloj de piedra marcó las horas al dictamen de un sol despejado y ardiente. Mi banco favorito vio pasar y pasar familias enteras, discusiones enteras, confesiones enteras. Y yo estuve allá arriba en mi balcón, quieto, mudo, sordo.

Entonces supe que ya no estaba. Entonces supe que era invisible en la oscuridad de este 22 de septiembre, justo a las siete menos cinco. Me acerqué al espejo y no me vi. Me acerqué para verme y no me encontré. Creí que la penumbra y mi mala vista me la jugaban otra vez. Pero no. Extendí la mano, insinuando aquello de «espejito, espejito…», pero éste estaba tan ciego como yo. No devolvía nada. Estaba descansando de mí, de mis llantos, de mi recreo en la penuria. Luego, me pareció recuperar la imagen de mis dedos suplicantes, en abanico, tanteando las formas del humo en que me había convertido.

Luego, no ocurrió nada. Me consta. Nada ocurrió de domingo a viernes. De ese cumpleaños tan esperado sólo recibí una llamada ligera la noche anterior. La niña me balbuceó un metálico «feliz cumple, pa». Dijo no sé qué de diciembre, de los pasajes comprados o por comprar, del frío que se venía. Y yo divagué un poco con eso del «frío, frío, como el agua del río…». Escuchaba a la niña con la mente, los ojos, el cuerpo inclinado hacia la glorieta de los novios. Ese sábado, como tantos otros, había parejas haciendo turno. Justo antes de las siete, aprovechando ese otoño azul plomizo que se va dorando con las horas, se detienen en fila esperando los clics de rutina que evidenciaban su paso por el amor temprano. Desde mi balcón los miré, mientras escuchaba la voz de la niña con la confirmación de seguir el cuento, «aja, sí, ya, ya». Algunos se veían aturdidos, abrumados por una suerte de temblores, de pánico súbito que anticipaba el futuro incierto, de desapegos y despedidas indeseables.

Luego ya no hubo más. Al niño se le habrá olvidado. No celebré. No hubo canto, ni bizcocho, ni velitas de cera. No hubo el trino de su voz mañanera ni el olor a café. Ni estaciones de Vivaldi, ni bachata rosa, ni ceniza, ni morada. Alguien maldijo otra vez en la escalera. La verdad es que ni me acuerdo. Y de pronto me amaneció otra vez el sol en la cara, y la rejilla insistente de las sombras en mis arrugas. Era el segundo sábado y yo aún en la cama después de las siete.

Esta vez el recorrido de la plaza fue lento. La estatua del otoño estaba cubierta, recubierta, *re-que-te-cubierta* de caca de palomas. Este mes nadie ha tenido la valentía de arremeterle a puro chorro de agua antes de que se pudra de vergüenza. El mimo no ha venido temprano hoy. Supongo que con este inesperado calor dejará todo para después, cuando el sol se haya ablandado en un anaranjado enfermizo por entre los edificios de la calle de la iglesia. La figura del otoño es la que mejor le queda, con el caminar lento y encorvado, la voz aletargada e ilegible, que se le escapa para sorprender a los turistas que no sospechan. Los toma de repente, cuando ya parecen alejarse y grita un «Oh» o un «Ay» de dolor y desespero que los impulsa a saltar de susto. De inmediato, ellos se voltean y le señalan con el dedo indicando quién ha hablado, maravillados de la pequeña humanidad que encierra la piedra que ignoraron antes.

Al regreso, no sé qué me detuvo en el portal. De pronto me vi años atrás, en aquel sábado pétreo, con la prisa y la congoja por subir. El niño había llegado directo la noche anterior. El viaje lo decidió justo en la tarde cuando lo conseguí al teléfono. Le dije, es cuestión de unas horas, quisiera que vinieran a despedirse. Fue una gentileza de su parte.

La niña no pudo salir. Quedó atrapada entre compromisos, la conferencia de delegados del fin de semana, los vuelos cancelados a última hora. Toronto estaba ya muy frío esos días y se acercaba una tormenta de nieve. Claro, eso lo supe después. No antes, cuando al pie de la cama le tomaba la mano inerte y palidísima a su madre, ya hecha huesos y venas de un verde pálido. El mismo verde que se desvanecía en sus ojos, ahora cerrados. Un suspiro lo terminó todo. Unos minutos después, el leve calor que aún tenía su cuerpo se le fue yendo, y su mano se iba haciendo más rígida entre las mías. «Rosalía, que tú me quieres, dímelo pronto», le dije como última broma.

Y entonces todo comenzó a pesarme. Nadie sabía. Ni yo estaba enterado que el amor tenía su final. *Chan*, *chan*, como un tango arrabalero, de cruces en el pecho y tierra batida manchada en sangre. Y la gravedad se hizo de mí. Y la sonrisa se me fue por algún tiempo. Y enflaquecí, y me morí un poco, para no mentirte. Nadie lo notó tanto como los que no estaban supuestos a saberlo. Nadie supo de mis adentros, sino los que saben leer entre líneas. Ni yo mismo pude ciframe y descifrarme sin vértigos. Claro, ahora me veo. Antes no. Ahora lo sé con plena certeza. Por eso intento volver. Algo sigue ahí, coleteando, como un recién parido. Y el merengue quiere subir de tono. A veces, yo lo dejo.

Fue ella quien un día, ya será una década, me lo presentó en las escaleras. Siso —apodado por sus enemigos, «la perra»— era un ser humano: dos brazos, dos piernas, dos pulmones, un estómago. Siso —apodado por sus detractores «la perra»— bajaba a diario por las calles detrás del Ayuntamiento a paso lento y mirando al suelo. Al grito de «¡por ahí viene Siso!», todos los niños de la zona despejaban la plaza para esconderse en bocacalles, callejones, portales, tras los bancos de piedra, o tras el carrusel de los caballos enanos o de la glorieta de los novios. Era el grito de aviso de los que temen a lo distinto. Y Siso era distinto, pelo rapado a tres milímetros, barba de chivo entrada en canas, ojos hundidos de ojeras cenizas, piel seca tostada al sol.

Décadas atrás, un señor de bata blanca lo señaló y lo encerraron. Entre paredes, él anduvo imaginando cabras voladoras tocando violines sobre cielos oscurísimos, cabezas de toros acosados con cuerpos de hombres, mujeres en grito con cabellos de serpientes. Así como te explico, me lo confesó un día que estuvo locuaz y entretenido con un charco frente a mi banco favorito. Otro día, un señor o señora —hay opiniones— vio que era manso, muy manso, y dictó su liberación. Él regresó. Fue a parar a la casa de su madre, ya ciega y ronca. Siso, ve por la leche. Siso, lávate que ya hiedes. Siso, no orines fuera de la taza. Y Siso esto, y Siso, lo otro. Sólo por ella era capaz de emprender la carrerita obediente para cumplir cuanto pedía.

Rosalía le ocupaba con recados a cambio de alguna calderilla. Le gritaba o le llamaba, «pisss, pisss», atrayéndolo con la mano desde nuestro balcón. Le tiraba de lo alto el paño con el dinero y a veces la canasta de membrillo. Siso volvía a pasos largos, firmes, mirando de frente, con el café o el azúcar, el pan y a veces media docena de huevos pardos. Subían la canasta con una soguilla de esparto casi verde. Él permanecía abajo, esperando el suelto y cuidando de que todo llegara intacto a su destino, con media sonrisa desdentada, y los ojos entornados por la luz de mediodía.

Aquella tarde Siso, estuvo bajo el balcón esperando. Hubo lluvia. Hubo sol. Lo vi a la salida empapado. Lo vi a la salida ya seco. Lo vi a la salida con su camisa de algodón blanco, ya gris, opaca y abotonada hasta el cuello. «Señor, señor…» decía al verme. «Pues sí, mijo…» le respondía yo para confirmarle lo que él ya, antes que los demás, sabía. Ya mucho tiempo después, supe que un camión en dirección contraria lo había pisado.

Pero los días no pasaban. Los días no se movían del calendario como lo esperaba. Me había dormido, como te había dicho ya, piernas abiertas, brazos extendidos. Nunca supe en qué momento pasé de la vigilia al sueño. Nunca supe cómo al despertar por la luz frente a mis ojos reconocía que era aún sábado. Pero no cualquier sábado. El mismo sábado de ayer en la mañana. Y la misma hora de siempre. Todo era igual, mientras yo era otro. Yo era el Manolo de la siguiente semana. Yo era el Manolo que había envejecido algo más. Yo era el Manolo que revoloteaba en el limbo maldito de un tiempo estancado. Y volví a mirarme al espejo, y caminé nuevamente por la leche. Pero entonces ya no fui el primero en la panadería. Ya nadie quiso mirarme a la cara, ni reconocerme, y salí con las manos vacías, y no vi a la loca Inés saludarme con la mano. Las mesas con los tableros de piedras estaban vacías. La fuente de las estaciones apagada. Los ojos se me nublaron por una brisa inesperada. Recordé y recordé a mis muertos, como un triste huérfano, como un pendejo esférico e incurable. Los extrañe a todos. Los repasé por lista en justo orden, al abuelo Pancho, a papá y mamá Rita, a mi hermana Miguelina, a mi Rosalía, a Siso, a Ale.

«Vida gris» —Ale, para sus amigos— tenía la panza ancha, terráquea, hinchada por un hígado ingrato que no le resiste la apasionada ingesta de la caneca de dos pesos que se toma a diario. Él también se ha marchado. Me saludaba al verme con un «pues sí, Manolo…», como si continuáramos la misma conversación que habíamos iniciado décadas atrás, siendo unos imberbes, entre los números, los exámenes y las horas interminables de estudio. Yo, inmerso en las matemáticas discretas y el cálculo; él, entre los finales de torre y su teoría de las posiciones críticas. Yo terminé pronto y a él se lo comió el ajedrez. Hace ya un año, miré por el balcón y lo intuí de inmediato. La mesa de piedra con la casilla e4 descolorida estaba libre. Aunque había llovido, debió estar allí retando a los chicos arrojados que se gastaban la mesada tratando en sus amplísimos cinco minutos contra uno, de sacarle unas tablas teóricas.

Nuestro último encuentro fue una batalla sangrienta. Salí más temprano que de costumbre a nuestra partida de la tarde, a nuestro tratamiento contra la enfermedad de «Al» —como graciosamente le llamábamos a la chochera— para espantar el miedo al olvido eterno. Brinqué los charcos con inesperada ligereza. Tenía la vista más aguda, los huesos más calientes y la mente como aguja, fina, fina. Pero perdí la partida en menos de treinta. Le planté una defensa berlinesa en la Ruy López que me destrozó en un dos por tres. Me miró con sus ojos amarillos —vidriosos se suele decir— y me dijo: «dos peones pasados en sexta valen más que una torre». No encontré argumentos e incliné mi rey.

Ante mi esperada derrota, me presentó su descabellada idea de renovar el gambito de rey, con un sacrificio inesperado de caballo por dos peones. Lo mentaría con el nombre de mi bienamada. No pude resistirle cuando extendió su hoja de análisis, con diagramas incluidos, y los signos de exclamación dobles en el 15.♘xh6!!

Manolo —el juguetón, *ecce homo*— es un rey mal enrocado. Retoza, revolotea, corretea a sus anchas con los números y las piezas del ajedrez placero. Le coloco de vez en cuando, y de cuando en vez —yo también gusto de los juegos de *la palabra*— alguna trampilla, una celada que oculta la movida magistral que distorsiona todos los elementos. Entonces un peón puede valer más que una torre y un alfil ya no me representa en la tierra. Si te adentras en su cabeza notarás que todavía no sabe calcular secuencias extensas. Se pierde en el camino de las enmarañadas variantes, como con la vida. Padece a veces de alucinaciones cuando pone en sus cálculos una pieza que ya se ha capturado dos jugadas antes. Y, que así conste, eso lo hace él solito.

Al final, me decidí a condenarlo a una eterna y repetida singladura, a una fuga *bachiana*, o un bolero machacón, *ta, tatatata, tata*. Pero pronto me arrepentí y lo encerré en media singladura, la que me encapriché de marcarle justo a la hora en que desapareció la bienamada, aquel sábado de corre y corre alborotado, que luego se le transmutó en una interminable pausa de redonda, en una espera sin sala, en el cumplimiento de un contrato para sí mismo. Su vida iba a ser desde ahora un *larghetto sostenuto*, un fado tristón, con una coda al final de la jornada, por los siglos de los siglos, amén.

El tercer sábado se inició sin novedad. Desperté con el pelo alborotado, con las greñas de un descubridor relativista, sin premio Nóbel. Otra vez me paré frente al espejo que me devolvió una esperpéntica imagen a lo Magritte, de espaldas, como parecían todas las cosas de hoy, contrarias a mí, negándome el placer de estar para siempre y de ser yo mismo. Recordé haber soñado con una gran esfinge que me hacía guiños anunciándome: «cuatro, eres niño; dos, eres hombre; tres, eres viejo». Y se reía con boca plena y lengua morada. Y no entendía cómo de tanta piedra se podía hacer algo semejante sin que se le desprendiese un grano. Entonces el sábado es mi único día de la semana. Es una noria de mañana y tarde que no se detiene en la noche. La paradoja de las hermanas que se juntan y se suceden traicionándose, destruyendo la una lo que construyó la otra. Y yo me quedo muy cansado. Todos los tiempos son ahora el mismo tiempo. Todos los tiempos parecen detenidos en un reloj angustiante y derretido por el calor que apunta siempre a las siete menos cinco. Ya no importa que los pasajes estén en la consola del pasillo esperando el día que nunca llegará, mientras se cubre y se recubre de polvo la maleta con los óleos, secos de esperarme.

El último sábado, para más inri, intenté salir por seguir con la rutina, o por la obligación moral de seguir viviendo, yo ya ni sé. Mientras bajaba, sólo veía el recodo de la escalera. Luego, al llegar al rellano, pude verlo nuevamente repetido allí abajo. Dominé las piernas, bajé a saltos, con el primer *déjà-vu*, de este sábado interminable, y volví a mirar al otro rellano repetido que retornaba a estar abajo. Bajé una, dos, tres, tantas veces más, por esas baldosas —recordé— que bajara ella la última vez que la vi en pie, con la cesta de compra, con el bacalao del día y las verduras recién arrancadas de la tierra. Pero ahora era yo un envejecido Sísifo en baja atrapado en los meandros.

No pude más y me senté justo en el tercer escalón, mirando intensamente el polvo iluminado por el día. No puede más y me senté mirando aburridamente al rellano. No puede más y miré, remiré, mírame cómo estoy mirando. No puede más y recosté mi cabeza en la mano derecha, preludiando un grito bermejo de asombro. Y no pude más y recosté mi codo derecho en mi rodilla izquierda, anidando mi cabeza coronada de recuerdos. Y no pude más cuando miré hacia arriba, sin moverme apenas, con un movimiento nervioso de los ojos, la luz líquida que penetraba por los vitrales sobre la escalera. Y no pude más y medité. Me oscurecí de repente y todo yo fui una masa ennegrecida, uniforme, dura de metal lustroso, en este improvisado asiento, que alguna vez ella pisó.

Fui entonces un pensador austero. Fui entonces un pensador disciplinado. Fui entonces un pensador de vagas ideas que no fueron, que no eran ni serán, pero bullían allí, como las palabras que ella nunca soltó a pulmones llenos, pero casi murmuró. Y me quedé dormido, no sé si para siempre. «Y me estoy muriendo, porque el destino manda y ya no puede ser», sin su voz, sin sus pasos, sin un bolero llorón, sin ese dominical deslumbramiento de aquel merengue que alguna vez, ya sin tiempo, ella cantara.

# Malas nuevas en domingo

*«Y de noche,
mi corazón te nombra
al presentir tu imagen
vagando entre las sombras,
triste maldición.»*
—Sylvia Rexach

Estaba oprimiendo la tecla del punto justo antes de recibir la llamada. La cucharilla sobre el platillo vibró un leve instante antes del sonido del móvil. ¿Aló? ¡NOOO! Espera, espera. Pero…— tragando saliva— ¿cómo? ¿Qué ha pasado? Mi tía Eulalia, sonaba a ratos, con gemidos y llanto entremezclados. Tu madre murió, dijo. Dormida y fría la encontré esta mañana. Su frente estaba endurecida, como piedra, la pobrecita.

Como decía, apenas unos segundos antes, había oprimido el punto. Con ese simple acto de mi dedo anular de la mano derecha cerraba mi disertación —año y medio de aislamiento y profundas meditaciones— sobre la «Correlación de las tres falanges y el desarrollo de la manufactura de utensilios en el hombre primitivo». La taza de café estaba al descuido, más a la derecha del centro circulado del platillo. Y la cucharilla tembló. El móvil, por contagio, la hizo vibrar. Sólo fue un segundo. Menos, tal vez. Un instante muy fugaz —lentísimo si hubiese estado en movimiento— en que todos los malos augurios pasaron frente a mí. A partir de hoy, poco importarían mis teorías, las imposturas intelectuales, los planes del verano. Este domingo sería —por corresponder a las buenas costumbres de los tópicos más relamidos— el inicio de otra vida. De repente, todo mi aislamiento perdía su norte. Toda mi concentración se disolvía en el llanto de la tía Eulalia. Tú madre, mi'jo. Se nos fue tu madre.

Pocos saben —como yo— que el ser humano es un animal de potencias irresolutas. Pocos saben —como yo— que con sólo dos falanges en las manos, seríamos muy torpes para manejar objetos pequeños. Tendríamos que alimentarnos de frutos grandes. Tendríamos que elaborar herramientas para trozar y hendir los alimentos rústicos, acelerando el desarrollo temprano de una manufactura de utensilios para el caso. Torpes, pero industriosos. Los grandes genios de la manufactura serían griegos o romanos. La revolución industrial sería asunto del medioevo.

Pocos saben —como yo— que, si hubiésemos tenido cuatro falanges, tendríamos el dominio perfecto para manipular a nuestro antojo los más minúsculos objetos. Estaría a nuestro alcance el tomar frutos minúsculos, semillas casi microscópicas, y el medir con precisión la cantidad de polvo de tierra que atrapamos con los dedos. Sería la perdición de la industria de herramientas—para hendir o trozar—, para manipular objetos pequeños. Nuestras propias manos bastarían para todo. La manufactura sería una empresa muy tardía, de poco valor y estima. Da Vinci no sería un personaje único, pues el niño menos aplicado reproduciría la *Mona Lisa* en un abrir y cerrar de ojos.

Por eso el estado perfecto de manos está en las tres falanges. El punto medio con el que la naturaleza descartó el mundo posible y que nunca fue. Por alguna razón —que desconozco y aún exploro, será parte de mis conclusiones— a la naturaleza le gusta los objetos en pares, duplicados, por si acaso los necesita, pero a otros los prefiere impares, como si el sobrante, tercero incluido, fuese pertinente para algo. Es un colaborador. No basta para el caso, que dos hagan todo el trabajo. El tercero siempre viene a cuento de ser otra mano amiga, un apoyo adicional, el trípode de un balance perfecto para que no se caiga el mundo en pedazos. Algo así fue mi caso. Mi madre y yo indisolubles. Ya luego, confié mis rencores a la tía Eulalia, la menor de las dos hermanas, la única sobreviviente ahora que se nos fue mi madre doña Luisa María Dos Santos. El cuatro, no me sienta bien, por eso aún sigo soltero.

Sí, mi madre ha muerto y mi libreta de la cuenta de ahorros indica un saldo de 1,313. Aciago número que no alcancé a comprender al momento. Horas más tarde confirmé mis temores prematuros cuando recordé que ya había enviado el cheque al casero. Este momento, que habrá sido tan frecuente, tan repetido en la historia de las pérdidas, me tocaba a mí hoy. En versión moderna, claro. La recibí por el aire, con el móvil al oído y en un café, recién tomado el desayuno. Y no es por ser un desconsiderado, pero ha sido muy inoportuno.

Por un minuto, largo minuto, que para otros seguramente fueron cinco o diez, no supe qué hacer. No pensé, se me conmovió el pecho, los ojos, los labios. Creo que temblé. Afuera de la vitrina, alguien miró y lo notó. El temblor, digo. Fue algo fugaz, como todo lo es en estos días. Miró, hizo amague de seguir su camino mirando al frente, pero en ese instante me notó. Y vio mi temblor. Entonces me volvió a mirar. Una pregunta estaba en su mente. Una pregunta que nunca hizo, porque yo estaba al otro lado de la vitrina, sin moverme, con una rodilla a medio camino entre levantarme y quedarme allí, petrificado, indispuesto, sensible y aturdido. Luego siguió su camino y pensaría en sus cosas, en la auditoría de fin de mes, la comunión de los niños, las molestias del vientre.

Al final, me levanté. Absurdamente me levante. No tenía nada recogido en la mesa. La máquina abierta, los papeles en desorden, varios lapiceros, bolígrafos de distintos colores, notas aquí y allá en los papelitos cuadrados: amarillo, para las preguntas; verde, para las definiciones; rosa, para las referencias. Aprendí temprano el sistema. El sistema para construir *verdades* manifiestas a través de las mentiras del pensamiento. ¿Por qué digo mentiras? De eso vivo. Ya superé la manía de quererlo cuantificar todo. El pitagorismo no entraba en mi estilo ni en mi conciencia. Pretender que lo que está allá afuera era un número me resultó tan primitivo y simplón como la pregunta sobre dónde venimos y a dónde vamos. Pero te guste o no, este mundo valora por los números. El 10 es mejor que el 5. Si tienes diez mil, podrás hacer esto y aquello. Pero habrá ocasiones en que tener 300 será catastrófico si la salubridad indica que no debes pasar del 200. Así es este mundo, el valor disperso en millones de escalas. Mientras más escalas conozcas, más creerán en tu inteligencia, me decía hasta ayer, la que ya forma parte de otras cuentas: la de los que ya no están.

Volví a sentarme, con las manos extendidas recogiéndolo todo. Esa es la reacción usual —estereotipada, regular, trillada, por ahí va la idea— de las llamadas intempestivas. Uno se sorprende, se incomoda o se agita, lo echa todo al bolso en total desorden y sale corriendo a algún lado, cualquier lado, una salida preferiblemente. Muy malo el retraso de esa llamada. De lo contrario, no hubiera pedido el segundo café. Entonces tendría 1,315 en el saldo de mis ahorros. Por poco tiempo, joder. Pero esa es otra escala ineludible. Los números se suceden en el reloj y nadie coordina con precisión el cuándo hará esto o lo otro. Cada cual anda en su propio carril, con su propio tiempo, con sus numeritos regados en la mente, tatuados en el cuerpo. Se te cruzan en el camino con su numerito en la mano. Comparas su numerito con el tuyo y te topas con que no coinciden. Su hora no es tu hora, sus tiempos, sus amores, sus intenciones, se dan en decimales distintos. No puedes calcular a tiempo, decides a la prisa y te salen mal las cuentas.

Pero, gracias a mis tres falanges pude ordenar lo recogido con decoro. Los papelitos de notas a un lado, el manojo de lápices y bolígrafos en los bolsillos de enfrente del bolso, la libreta en la carpeta de cuero repujado con mis iniciales: J. B., regalo de quien acaba de morir. Mis amigos —supongo que cuenta el plural siempre que se hable de más de uno— me dicen *yei-bi* o *jota-be*, según los gustos. Otros —estos son los colegas envidiosos, la competencia y algunos mal intencionados— juegan con las letras para llamarme «jodio...b...», en el cual la *b* significaba lo que fuese, siendo *bobo* o *bellaco* las voces más frecuentadas y populares.

Y aunque no se me crea, soy introvertido. Soy extremadamente introvertido. Soy absolutamente introvertido. Por eso parece extraño que me pronuncie de esta manera. Me obligo a ralentizar el flujo de la vida en mi cabeza, porque mis manos no son tan rápidas como mi pensamiento. Y mira que uso mis diez dedos en el teclado. Pero eso no basta. Como tantas cosas en las que nos quedamos con las ganas de más. Más rendimiento, más rapidez, más duración, más numeritos, más cifras.

A mis 40 años —para redondear por lo bajo— esperaba otra cosa. Pero ya lo dije, soy introvertido. Mi vida pública es insignificante. Todo bulle aquí dentro. Detrás de la frente que me señalo con el dedo. A mis once años iba a convertirme en el mejor violinista del barrio. No importaba que en el barrio no hubiese ningún violinista. Me entregué a las fugas *bachianas*, a las frases prolongadas y abrumadoras de Brahms y la grandilocuencia sonora de Beethoven. Ante todos, era el niño al que le gustaba la música de funeral. Ese era el yo público. Luego ya vino el imposible Paganini, la ligereza de Sarasate, la sutileza rusa de Tchaikovski. La melodía —sin que se adjudique por eso algún desprecio al contrapunto—me pareció lo primordial, el eje alrededor del cual se sostiene toda la magia sonora. Sostener la frase, el pastoso *legato*, mientras los dedos fluyen en sincronía perfecta, pisando con uno al tiempo exacto en el que se levanta el otro, es lo más cercano a la música verdadera, real. Pero eso ya lo supe luego. Mientras tanto la intuición reinaba y prefería tocar de oído.

Pero un solo día puede marcarte. En mí, fue esa terrible y contradictoria conjugación de propósitos: los míos y los de mi madre. Y nuevamente se me torció el rumbo. Entonces me dediqué a la pintura. A los quince años iba a convertirme en el mejor pintor del barrio. No importaba que nadie allí hubiera escuchado de Rembrandt, de Velázquez —no señor, no es el de la carnicería, es un pintor— ni que supieran del cromatismo de Renoir. Ya a Picasso lo conocía todo el mundo. Salía hasta en *Vanidades*. Yo lo vi con mis propios ojos en las revistas viejas y muy leídas que la Inés le regalaba a mi madre a cambio de un café y unas tostadas.

Pero eso tampoco duró demasiado. Entonces —creo que a los dieciocho o veinte, da lo mismo— ya quería ser un gran escritor. Por cuenta propia me había destinado hacia el rumbo que me pidió el momento. Encapricharme

con Belinda a la distancia me abrió las puertas
al paraíso de las mentiras escritas. El *boom*
sería apenas un resoplido —un ridículo
estallido— cuando se publicara mi primera
novela o el gran poemario. Me propuse
filosóficamente que la sinécdoque era para la
concomitancia esencial, lo que la metonimia
para la concomitancia existencial. A la metáfora
me adapté sin conflictos. La similitud, la
conjunción de forma o de contenido, no eran
desconocidos para el gran pintor, el infalible
músico, el imberbe poeta. Pero faltaba algo.
¿Qué hay del mundo afectivo, de las emociones,
las pasiones, los sentimientos? ¿No merecían
acaso su propio disfraz? Con Belinda aprendí
que la ironía era la respuesta. Las palabras
serían el disfraz de su contrario. El sí, era un no
por lo bajo; lo bueno, era el lobo de caperucita;
lo bello, era el horror del suicidio romántico. El
cinismo fue a partir de entonces parte de mi
historia cotidiana. Desde entonces el sentido de
las palabras dejó de tener arraigo ontológico en
el signo, en el ruido de las letras o el garabato
de las voces. Cualquier partícula del mundo de
los sentidos podía vestir cualquier aparato que
volara en mi cabeza. Era la combinatoria
perfecta para hacer del mundo lo que yo quería,
a mi imagen y semejanza. Sería el demiurgo de
mi propia historia.

  También ya supe que sólo debo decir de
lo que sé, que es muy poco. O muy poco, pero
de muchas cosas. Siempre admiré la sabiduría
extrema, a los genios y a los superdotados. El
término correcto es envidia. Nunca supe —ni
sabré— qué se siente ser un genio, saberlo todo
de algo, como si se hubiera nacido con ello.

Creía que era la facultad de ver al instante una radiografía de la cosa, entender su esqueleto, sus vísceras, sus cánceres. Eso mismo, la intuición filosófica descrita en vocabulario clínico, con números o sin ellos. Creía que era el desarme del mundo, ver sus secretos e inmundicias al mero movimiento de los ojos. Pero esto ya era pura religión. Fe ciega, sin la confirmación de que idea y vida son lo mismo.

A mis 40 —por redondear a lo bajo— me he preguntado cómo con un número finito de palabras creemos abarcar todo lo posible. Eventualmente la acumulación de los signos acabaría por decirlo todo. Sin duda, esto tendría algo de cierto, si tuviésemos una vida de millones de años y los signos siempre fuesen los mismos. Por suerte, todos los días me amarro —me enamoro, me ato, me pierdo— a una palabra nueva. A mis 40 —redondeando por lo bajo— esas ya son muchas palabras. La de hoy no puede ser *muerte*. Me inclino más por *perentorio*, pues ya descarté *mortuorio* y *perecedero*.

¿Quién soy hoy? Es la pregunta espejo que me hago a diario, acompañada de una respuesta distinta cada vez. Hoy soy Julio Benjamín Dos Santos. Mañana, me presentaré distinto. Saludos, soy Fulano de Tal, a sus órdenes. Ahora con esto de la muerte de mi madre, siento la compulsión de comenzar un diario. Sorprendente para mí, que odio el calendario y los espejos. Será un acto de valentía o una manera de sabotearme, de reemplazar a aquella que tanto quise y me quiso; aquella que tanto odié y que me rompió el corazón miles de veces. ¿Cómo es la existencia de una paradoja? ¿Cómo es convivir siendo uno y lo contrario? Todo me traiciona, mis canas prematuras, mis ojos arrugados, mis piernas dormidas. Escribir el mundo en pocas palabras cargadas de sentido no era mi meta. El umbral de lo tolerable pasa por el ruido, el mal sabor, la peste y la extrema luminiscencia. Las cosas tienen sus límites. De lo contrario, estaríamos diciendo nada, todo sería uno, infinito, inconmensurable y eterno.

Ahora vendo mi palabra. Sí. Aunque soy más pálido que una salamanquesa albina, me reputo de ser el *negro* favorito de los muchachos de varias facultades de Ciencias Humanas y otras fantasías. Una llamada, o un mensaje bastan. Un par de notas al vuelo y en un mes, *zas*, y *zas*. Una tesis, disertación, ensayo, cuento o mentira que en el casi cien por ciento de las veces se premia con un sobresaliente. Claro está, otorgo garantías: reembolso pleno si no se cumple con lo mínimo. Luego, en escalas menores, puedo ser flexible y devolver otras cantidades para cumplir con cualquier otro pacto más exigente. A éstos, les pongo tarifa especial. Casi el doble que el de un trabajo regular. Nunca se pierde del todo.

Pero este año, las cosas han ido a menos. Y mi cuenta de banco no miente. El temblor previo en el platillo —un milisegundo apenas— denotaba todo mi día. La muerte, tantas muertes y yo apenas vengo a conocer, mejor dicho, a enterarme de la que no había previsto para hoy. En realidad, no debió sorprenderme. Justo hoy se cumplía una semana de estadía en el hospital a causa de su segundo infarto. El primero era ya cosa olvidada de hace varios años. Se desvaneció repentinamente, a unas horas apenas de apagar la única velita con la que vanidosamente escondíamos su aniversario sesenta y siete. Ya no vale distraerse ni tomar una avión de improviso a *La Española*. Tendré que ocuparme de esto, aunque sea domingo.

Ya lo llevo pensando un tiempo y creo que será hora de contar la historia. No soy biógrafo, por lo que no sé cómo podría narrarla sin que pareciese una mala novela rosa, tirando a negra. Doña Luisa M.ª Dos Santos fue la hija mayor del ilustrísimo médico D. Segundo Dos Santos de Iturbe, exiliado de San Pedro de Macorís. Habían llegado a finales del cincuenta del siglo pasado con alguna premura y docenas de maletas. Algunos —mal intencionados murmurantes— dizque huyendo secretamente de no sé qué líos con una joven capitalina, de la que el ilustrísimo abuelo se había encaprichado. Otros —amantes de la intriga— dizque huyendo para no ser confrontado con una discrepancia contable que se deslizaba sobre un resbalón inmobiliario. La versión políticamente correcta era que huía del infame Chivo, que le tomó ojeriza desde el día en que se negó —dilatando por meses una cita— a curarle una molesta úlcera. Seguramente ninguna versión era cierta. Por todos lados, la idea de la huida y el escape parecían ser el origen de su llegada. El consultorio del *dotor* D. Segundo, en Puerta de Tierra, estaba abierto a todo mundo. Primera planta, el edificio gris, de grandes arcos a medio punto, a la derecha, a sus órdenes, pase en la tarde y le daré algo para esa tos, no diga más. Era capaz de identificar una alergia con mirarte a los ojos u olfatearte la boca. Apenas lo conocí. Sólo recuerdo sus manos, suavísimas y blancas, llenas de unas arrugas de cera que tomaron delicadamente las mías, el día en que, curioso yo, descubrí al descuido su navaja curva. La sangre del pulgar salió a borbotones y mis gritos alborotaron la casa. Pero D. Segundo, *tata* — como todos los abuelos, claro está— sólo dijo un, ya, ya, tráeme el botiquín, Luisita. Y en un dos por tres era yo el niño del dedo pulgar más gordo del barrio de Miramar, recubierto de un esparadrapo, como mazo de pilón, y algo manchado de rojo.

Como iba diciendo —antes de la digresión del corte —D. Segundo llegaba con su empinada esposa —que le sobrevivió al *tata* apenas 7 años— Doña Luisa, y dos hijas pequeñas, Luisita, mi madre —cerca de los diez años— y la tía Eulalia, *Lili*, para sus más queridos, que rondaría apenas los seis. Eran niñas de bien, muy correctas, capaces de nombrar cada uno de los cubiertos en una mesa formal bien servida.

Y así bla, bla, bla, Luisita, la hermosa; Luisita la que se fugó dos días con un novio marinero; Luisita, la poeta descarrilada; Luisita, la dominicana que cagó más arriba del culo; Luisita, la del pelo cortísimo y pantalones de hombre; Luisita la que se quedará a vestir santo. Tendría que contar sobre sus estudios en Boston, el doctorado en Literatura Inglesa, los más de 30 años consecutivos de una cátedra difícil, con muchos tropiezos, su serie *Understanding Shakespeare, a Manual; Understanding Keats, Understanding Lord Byron*, que le valieron un nombre fuera de la isla.

Su mal hígado, que elaboró a gusto con las botellas de *scotch* escondidas en cualquier rincón, preferiblemente bajo las toallas en el segundo cajón del armario de roble viejo, ese mismo, a la izquierda. Y al fin, tendría que hablar de mí mismo. El evento más extraño para la familia cuando, inesperadamente, Luisita le dice al viejo: estoy embarazada. Y la mala broma de la hija mayor, con sus treinta años plenos, soltera y sin compromiso conocido, se hizo realidad al parir, más de ocho meses después, a un gordito varón, mira qué manotas, mira esos pies, que me los como, que me los como. Y del padre de la criatura, nada. Silencio total. Estaba destinado para mí ser otro D. Segundo, pero al fin se transó por Julio, el abuelo que alguna vez intentó ser alcalde de su ciudad.

Días más tarde, frente a sus cenizas, recordé el sueño premonitorio en el que la vi con su armadura reluciente yaciendo entre mis brazos como una escena de la piedad invertida. Todos nos rodeaban con sus lanzas, sus escudos y sus barbas puntiagudas, en un campo gris, alargados como sombras de cipreses. A lo lejos, alguien imploraba o lloraba a gritos el réquiem balbuceado, bajo la fiebre delirante de un Mozart convaleciente y majadero. Ese día, tras los más absurdos eventos, fue tan revelador y tan oscuro a un tiempo. Los sueños a veces tienen la fuerza de la mirada, del pensamiento más racional, dentro de su lógica pervertida, obtusa y atrevida. No hay fórmula para cuantificarlos. Esta anticipación bien vale una nueva palabra, algo así como *premortición*.

No supe nunca cómo salí del café. El aire afuera estaba cargado de insectos, que se tropezaban con mi rostro y me castigaban con sus pequeñas patas afiladas, recubiertas de pelillos como espadas o dagas diminutas. Si te descuidas, se te adentran en los ojos. Si sonríes, se te refugian en la boca hasta la garganta. «¡Qué asco!», dije en voz alta. Los señores a mi lado me han mirado. Saben que algo pasa. Lo intuyen. Me maravillo de cómo puedo saber lo que les ocurre dentro, en la caja negra esa donde la materia viva mantiene su fiesta. Ya los había visto antes al entrar al café y ahora los sigo a la salida. Me uní a ellos. Van con ramas de palma, de un verde tiernísimo, aburridos, apacibles, con medias sonrisas, listos para pecar.

Pensé caminar por la arcada del Ayuntamiento para calmarme. Se ha inclinado con el tiempo, como si el edificio se estuviese yendo de lado, pero ¿de qué lado? Tal vez siempre ha sido así y apenas hoy me doy cuenta. Tal vez se inclina al torcido rumbo de sus ocupantes. El Ayuntamiento en penumbra se preludia bajo una arcada de arcos parabólicos que invitan a mirar adentro, a escudriñar pasillos, archivos y gavetas de escritorios pesados como tanques de guerra. Hoy la sala de exhibiciones está desmontada, barrida de todo color, de todas las imágenes y figuras que lo ocuparon hasta ayer. Bajo los arcos las sombras en el suelo me distraen. De pronto soy un fantasma alargado, flaquísmo *Giacometti*, enmarcado e inquieto.

Hoy no lloverá. Tal vez sí, pero en la tarde. Se me espera en la casa de la tía para «los arreglos», como si algo ya estuviese descompuesto, roto. Hace un par de años mi madre se había anticipado. Me dijo una tarde de café con leche y tostadas de mermelada de frambuesa: «ven, que tienes que saber dónde están los papeles». Así los llamaba, estaban allí reposando en una maleta de paño azul, en el armario del pasillo, mi'jo, en la tablilla superior a la derecha, esa no, la grande. Allí reposaban los papeles me dijo, postales del siglo pasado, las caducadas tarjetas de identificación, el pasaporte, las libretas de las cuentas de ahorro, las escrituras del terreno que nunca visité, los arreglos del seguro funerario. Cremación, saldo 800, pagado. Pensé que sería obligado añadir algún adorno o jarrón de rosas rojas al lado de la foto ocho por diez, enmarcada en láminas de un dorado florido, con la urna al centro, conteniendo el amado tesoro.

Insisto en que debo calmarme. Tendré que ir por el apartamento. Buscarle un traje de hilo blanco y flores tejidas para el velatorio, una diadema para el pelo, ralo, pero bien cuidado. Mejor llevo a la tía. Tendré que comprarme un traje negro. Una corbata decente, violeta si es posible. Me detengo en una vitrina. No sé qué hago allí, pero me miro de frente. Surcos en las mejillas, entradas profundas y algunas canas. A esta hora el sol a mis espaldas me refleja de frente y apenas me distingo. Es posible que lo haya imaginado todo y sea yo un cuarentón de buen ver. El clásico hombre maduro y gran partido.

Antes de terminar la llamada le dije a la tía «voy corriendo, llego en un minuto, no te muevas de ahí». Y le mentí. No llegaré en un minuto, ni en dos. No soy egoísta, pero tengo que detenerme antes por un helado. Me permitiré ese lujo para apaciguarme. Ya lo arreglaré todo cuando disponga de los papeles, las libretas de cuentas y los deberes pendientes. Algo quedará por ahí.

No iré de inmediato. No veré la lividez de su rostro hinchado, ahogada en la quietud, en la dureza de la muerte. No me recrearé en eso. Mantendré otra imagen de ella en mi memoria. La versión de sus mejillas caídas, pero rosadas, sus ojos verdes, vivos, su boca a media sonrisa y ese aliento que apagaba a fuerza de menta el vaho de lo que ya había saboreado desde la mañana. Volveré a su imagen de los domingos, al «¿ya llegaste?», al escuchar mis llaves en la consola del pasillo, «¿trajiste el pan?, mira que te lo dije dos veces, ese teléfono tuyo no sirve, no sirve, llámate a tu tía que necesita un favor».

Con tanta zozobra me olvidé de pedirle al muchacho que me incluyera doble ración de coco rallado. La sensación de las partículas pequeñas, con el sabor lechoso de un coco nuevo, pudieron calmarme de esta sensación apesadumbrada con que se iba infestando mi día. Pero no, hube de sentir el frío un tanto amargo del chocolate negro que posiblemente me arruinaría el almuerzo.

Tendré que comprarme el traje negro. Y volví a la vitrina. Me decidí a entrar. La tía se estará preguntando por mi tardanza. A esta hora, estoy temprano para cualquier cosa. Mi madre ya no me espera, la prisa no es necesaria y muy mala consejera. El traje me servirá para otras ocasiones, cuando presente la disertación, por ejemplo. No será un gasto innecesario.

Apenas ayer, estuve ante su cama. Una semana antes me había dado un susto de muerte cuando se desplomó repentinamente con su segundo infarto. Varios años antes, había vivido casi todo eso en una primera tanda. Fue por ese tiempo cuando la noté distinta. Tenía deseos de confesarse, de no esconder el licor, de decirme alguna palabra de cariño con la voz metálica, chillona. Con los ojos fijos sobre mí, entre lágrimas, un día dejó escapar el «Manuel era un buen hombre». Y calló. Estaba sentada de lado en su butaca orejera, bajo la tenue luz de su lámpara de pie que irradiaba un rayo directo hacia el techo. Sabía que había encontrado una botella en algún escondite que la tía Eulalia no pudo descubrir. Yo llegaba de lejos. Praga o Madrid. Algún congreso sobre la datación documental. «Manuel era un hombre bueno. No había razón para molestarlo». Y volvió a callar. Y luego balbuceó de la noche aquella «el primer día que lo vi», de un bolerazo de Sylvia en la voz de Depiní «dime capitán, tú que conoces las aguas de este mar», que tanto gustaba de cantar cuando se hundía en el recuerdo, del hombre que absorbía lentamente un *Cosmopolitan* con demasiado hielo y la miraba con cara de pena al otro lado del salón, entre un humo discreto y la risa de Eulalia, más joven y más pudorosa. Ese día la hermana decidió irse temprano a casa. Ella quedó libre. A sus treinta años bien completos, sabía a qué atenerse. Nada la doblegaría hasta el grito aquel del «queeeeé te pediiiií que no fuera leal comprensión» y ese hombre flaco y desamparado, de patillas anchas, sí comprendió. Él sí la comprendió a sus treinta años, soltera y dispuesta, dejándola marcada — como un ave silvestre que seguirá bajo estudio— con la imagen tatuada de una silueta alejándose, a pesar de que ambos sabían que no podía ser, aunque le pidiera las estrellas y el sol, no podía ser. Y no volvió a mencionarlo. Manuel —dijo—, sí. Él era un buen hombre. De mi padre entonces nunca supe más. Luego, por aquello de cerrar su memoria, lo lloré como se lloran los muertos recientes. Y no quise pensar más sin un recuerdo al qué agarrarme.

Ya casi a mediodía no tuve más remedio que regresar al apartamento. Dejar las cosas tiradas por ahí, explicarle a la tía. La llave del portal siempre se me atora. Alguien abrió desde dentro. El vecino del segundo.  Y no sé qué números me tocaron ese día, pero me llegó la intuición. La paz se había recobrado un poco. Fue una idea fija y posiblemente absurda, pero ahí estaba, pululando entre las cejas, de oreja en oreja como una abejita malcriada que se empeña en un par de flores, pariendo manías, zozobras, miedos al aire de la calle. Es posible que de la rutina surja de repente algo nuevo. Tantos encuentros de portal y sólo cuando ya es tarde doy cuenta de lo cercano, de lo cierto. Es entonces en que los verbos conjugan, los adjetivos se encuentran y describen, las preposiciones unen y los puntos separan. Entonces lo que no era, lo que no se miraba, se te planta de frente como un bandido, a la sorpresa y te hiere. Pura casualidad. Entré al portal y me vi de frente. Era yo mismo 30 años después de hoy, con la camiseta vieja y la mirada perdida, sin corresponderme. Atrás quedaban las ideas de un futuro. Atrás quedaba la noche aquella, ajena a la rutina, ajena a la salida con los amigos para celebrar un nuevo contrato. Atrás quedaba aquella noche llena de silencio, pero de absoluta comprensión. Era yo mismo, pero bajo otro nombre. Él me reconoció, o creo que el yo viejo reconoció al yo más joven. Y le vi en su recuerdo, pequeñita en sus pupilas, a la mujer con pelo cortísimo y pantalones de hombre, que lo seguía con la vista desde el otro lado del salón. Y le vi su mano en su cintura finísima, húmeda por el calor, siguiendo la cadencia de las *Lágrimas Negras*. Él supo de mí desde la lejanía forzada por un orgullo implacable, muy caribeño. A D.ª Luisa M.ª Dos Santos no se le negaba nada. Ya me lo había anticipado, «Manuel era un buen hombre, lo demás fue problema mío, escúchame bien, Manuel, eso no es asunto tuyo. Te mandaré una foto, si tanto te importa. No te preocupes, ya me basto sola.» Eso dijo con furia, como si lo tuviera de frente. O creyó haberle dicho, en una conversación anticipada, pero nunca resuelta. Al final, nunca sabré. Él también se ha ido.

# Eclipse para el lunes

*«Blue Moon, now I'm no longer alone,*
*without a dream in my heart,*
*without a love of my own»*
—*Blue Moon*, Harts & Rogers
(aunque nunca se sabrá del todo)

Escrito por: Cecilia Beatriz
Corregido por: Verónica

«Me llamo Cecilia Beatriz. Papá me llama Cecil. Al me grita Beaaaa. Tengo seis y quiero ser *astronata*.»

Así escribía hace cuatro años. Ahora tengo diez y medio, y ya me llegó la regla. ¡Wákala, qué asco! Por suerte tengo a Abu que me ayuda. Y cuando no me atrevo a preguntarle, le toco la puerta a Vero, mi vecina del segundo. Papá no tiene ni idea de toallas sanitarias ni pantis cómodas. De Mami apenas me acuerdo. A veces escribe. A veces, no. Hace tiempo que no viene por acá. Unos dicen que se fue de misionera. Abu cree que está «purgando pecados en España». [Definición: Purgar. Limpiar, purificar algo, quitándole lo innecesario, inconveniente o superfluo. Lo que Abu se quita cuando habla arrodillada con el señor cura.] Abuela Monse dice que es culpa de la melancolía. Mami la padece desde pequeña y eso es muy difícil de curar. Pronto, muy pronto, volverá de las Galicias, me dijo.

Tengo dos abuelas. Abu, que se llama como yo, Cecilia. Y abuela Monse — Monserrate, pero ese nombre es muy largo— que es la mamá de Mami. A mis abuelos no los conocí. Yo creo que mis abuelas no se llevan bien. Se saludan con seriedad, con un buenos días de prisa, y murmuran al despedirse.

—Mire que no hemos tenido suerte con las niñas, Cecilia. Selena fue la mimada de su padre. Lucía trata, pero no consigue sentar cabeza. Ojalá ese novio americano le salga bueno. No son malas muchachas. Es que fueron muy consentidas.

—Ay Monse, si eso te consuela…

—Pero vea usted lo que Emilio ha hecho con la mueblería. Le dio vida. Desde que Agustín se fue, que en gloria esté, se puso serio y formal. Y vea lo bueno que está siendo. No sé qué me haría sin él. Aunque es el menor, se porta como un padre para sus hermanas.

—Eso dígaselo a su nuera. La tercera, ¿no?

—Usted siempre, hay que ver…

—Eso digo yo. Abrir los ojos para ver…

—y se retiran dando un manotazo al aire como despedida, por caminos contrarios.

Todos los días, o casi todos los días, subo con Al a la azotea para buscar la luna. Al es Álvaro, mi primo. Tiene dos años más que yo, pero habla como uno de ocho. Está en una escuela diferente. Es casi tan grande como Papá y usa camisas y pantalones de hombre. Al vive con abuela Monse porque su mamá también se fue. «Emigró», dice abuela Monse. [Definición: Emigrar. Abandonar su propio país para establecerse en otro extranjero.] «Huyó», dice Abu. Pero Al sabe que se fue por trabajo. Como ya consiguió, se lo llevará pronto. Pero también sabe que su mamá se echó novio. Un señor que sólo habla inglés y tiene muchos autos. Lo vio en las fotos que le manda. Es igual, ni su mamá, mi tía Lucy ni Mami —Selena— están acá. Sólo nuestras abuelas.

Para mi cumple, que es en noviembre, quiero un telescopio. Ya tengo unos binoculares. Con ellos jugamos a los detectives. Pero ahora tengo que apagar la luz y dormir. Mañana será lunes y hay escuela, dice Abu. Y luego, en la tarde, buscaremos el telescopio que nos prestarán para ver el eclipse. Las estrellas en mi techo se prenden de verde. Papá me las puso cuando tenía seis, copiando el cielo que tenemos desde la azotea. El novio de Vero subió un día con nosotros y tomó la foto. Todo se veía muy negro, menos los puntitos brillantes de las estrellas.

«Papá se trepó en una silla y puso muchas estrellas en el techo de mi cuarto. Dice que es para que me cuiden mientras duermo, para que sepa volver si me pierdo en los sueños. Mañana Abu se mudará con nosotros.» Eso también está en mi diario de hace cuatro años.

En la escuela estuve todo el día muy distraída. En la clase de deportes, dejé escapar el balón tres veces y me sentaron en el banco, por floja. Miré mucho rato el monte que se veía desde mi pupitre en la clase de español. Me imaginaba el telescopio, muy pesado y duro, con sus cristales gruesos y convexos. [Definición: Convexo. Curvado hacia afuera, como el exterior de un cuenco.] Me imaginaba lo cerquita que se verían sus cráteres, esos golpes circulares, como cuando tuviste varicelas y te rascaste la cara. A Al le pasó con una que le salió en el párpado.

Con la última campana de la escuela salí corriendo. Abu estaba esperándome afuera con su cartera en la mano, muy bien vestida. Diligencias, dijo. Casi no llego. En todo el camino iba de prisa a ocho o diez pasos delante de Abu. Niña ve despacio, no corras, me gritaba. Subí por las escaleras y Abu por el ascensor. Llegué antes. Tiré mis cosas y salí nuevamente. Por suerte, el ascensor estaba aún arriba y el señor de al lado lo detuvo por mí.

—Hola Cecil, ¿vienes de la escuela? —me preguntó, cuando me vio aún con el uniforme. Vive acá hace uno o dos años. Pero es como si fuese nuevo. A veces saluda. A veces no.

—Sí —contesté por ser amable. Abu me dice, tienes que ser amable con la gente, decir gracias y buenos días, si es de día, buenas tardes, si es de tarde, buenas noches...sí niña, ya comprendes. Eso se llama cortesía y es gratis.

—Si ves a doña Monse hoy, le dices que pasaré luego, por favor. Ya tengo lo que me pidió ayer.

El «señor de al lado» es amigo de abuela Monse. Ella fue amiga de su mamá por muchos años. Es un señor flaco y pálido, muchísimo más joven que abuela Monse, pero un poco más viejo que papá. Eso me dijo la Abu. Viste de chaqueta marrón casi todos los días, corbata finita y pantalones de pana. Los tiene hasta en color verde. Es un «pájaro raro», dice la Abu, cuando le ve con tantos colores juntos. No se despega nunca de la carpeta de cuero con las letras J. B. Creo que es su nombre.

Cuando está con la abuela Monse, hablan de cosas viejas. Abuela Monse las conoció de joven y él las conoce por los libros. Fue él quien le trajo el cuaderno de tapas grises con una bonita torre al frente. Los vi sin querer en su sala, cuando creían que estaban solos. Te juro que no los estabas espiando. Los vi y antes de entrar me detuve, calladita, porque así me veo más bonita. Él sacó de su bulto el cuaderno.

—Aquí está. Espero le sirva.

—Mira Julito, no sabes cuánto te lo agradezco. Ella conoce mi letra. Y yo no sé qué más hacer.

—Lo otro lo estoy trabajando. No se preocupe.

Y bebieron de las tazas chinas que abuela Monse no deja que Al toque. Cuando se reúnen no beben café. Beben unos guarapillos claros y amargos como los que Abu me da para el catarro. Luego, cuando él ya se había ido, abuela Monse me entregó el cuaderno y dijo: esto es tuyo. Era de Selena y ahora te pertenece. Era el diario de Mami, de cuando era niña. Eso fue hace mucho tiempo atrás. Hoy, lo importante es buscar el telescopio.

Cuando llegué a la casa de abuela Monse, me planté debajo del balcón.

—¡AAAAAAL! —le grité desde abajo.

—Niña, ¿qué son esos gritos?

—Abuela, dígale que baje, buscaremos el telescopio ahora.

—¿El qué?

—El telescopio. Es parecido a unos binoculares, pero más grande, más largo y de un solo tubo.

—Niña, ya sé, pero ¿cómo es eso? ¿Adónde van? ¿Tú abuela ya sabe? —Abuela Monse, siempre dice tu abuela, para hablarme de Abu, como si ella no lo fuera.

—Sí, es que ella no puede cargarlo. Es un poco pesado. Por eso le pedí a Al. Es en casa de la señorita Walker. Nos estará esperando.

—Ya baja. Dile a la señorita que la veré luego. Tengo un asunto de qué hablarle. Niño, no te atragantes que después te da dolor. Con lo majadero que te me pones cuando te enfermas. Dios me los bendiga. Aunque a esta…

Y me miró con cara de pena desde las altas barandas de su balcón, como queriendo tirarme de una greña, como si ya fuese un caso perdido o un angelito sin alas, llena de las ideas raras de Papá. Al final, todos —dice abuela Monse— ruegan al Señor, cuando les toca morirse. Y su falda aleteaba al viento queriendo coger el vuelo. [Definición: Aletear. Dicho de un ave: Mover las alas sin echar a volar, aunque las faldas ni son pájaros ni vuelan.]

Cuando llegamos al edificio, no tocamos el timbre, porque la señorita Walker vive en el piso bajo. Afuera se escuchaba una melodía suave en el piano, que había escuchado ya antes. Tal vez de noche, en la azotea de la casa, viendo nubes y luces azules en las plantas y los tiestos que Abu cuidaba. O tal vez era la que escuchaba con Mami, cuando mirábamos el cielo y uníamos los puntos enumerados de las estrellas descubriendo el dibujo escondido. Bastó con un «Señorita…» en la voz ronca de Al, para que desde la puerta saliera su voz: voy por ahí. En un minuto la señorita Walker nos dejó pasar. Tuvimos que acostumbrarnos a la oscuridad de adentro. Afuera el sol estaba muy vivo. No hubo nubes todo el día. Al sudaba y yo tenía los cachetes muy colorados con tanta carrera. El olor de la sala era el de siempre. Me gustan las alfombras de la señorita Walker. Tienen mapas, cielos estrellados, mesas de frutas. Su casa parece un museo. Al sólo se fija en el esqueleto que está en un rincón. La primera vez que preguntó la señorita Walker le dijo que era de su último estudiante. Al casi se parte de la risa.

Cuando pudimos verlo todo, miré al lado del piano. Una maleta grande, como un gran baúl. Estaba en el suelo abierta con el telescopio dentro. Parecía un ataúd hecho a su medida, ajustado y acojinado, de paño verde.

—Ese es.

—¡Qué bonito! —le dije.

—Tiene muchos años. Me lo trajeron de Alemania. Tienes que saber cómo se usa primero.

La señorita Walker fue la maestra de Papá cuando él tenía 5 años o algo así. Vive sola en un piso de abuela Monse. Como no tengo aún mi telescopio, ella nos prestará el suyo. Su papá fue científico. Trabajaba mirando las estrellas. Dicen que dormía mucho de día, porque trabajaba demasiado de noche. Una tarde, entre el chocolate caliente y el *brazo gitano* le hablamos del eclipse. [Definición: Brazo de gitano. Pastel formado por una capa delgada de bizcocho, con crema o dulce de fruta por encima, y enrollada en forma de cilindro, los favoritos de Al]. Ella sonrió y dijo, ya, ya, hace tanto que no veo uno. Y mientras Al se atragantaba con la harina, la señorita rebuscó en un montón de papeles y trajo un catálogo amarillento con fotos de muchos telescopios. Tenía escritos en otro idioma que no conozco. En una página marcada, había uno muy bonito, rodeado por un círculo rojo, montado en su trípode e inclinado hacia arriba mirando a un cielo dibujado. Este es el de papá, dijo. Lo buscaré hoy y luego te pasas a recogerlo. Nos dijo que fue el último regalo que le hizo. Ya muy viejito apenas podía levantarse, pero tenía buenos ojos. Seguía sin dormir de noche y ella encargó el telescopio para que él pudiera ver las estrellas desde su silla con la ventana del cuarto abierta de par en par. Como él murió poco después, apenas lo usó. Estaba casi nuevo y con los lentes limpios y brillantes.

La señorita Walker no se ha casado nunca. Debe tener la edad de las abuelas. Algunos dicen que tuvo un novio que prometió, prometió, pero no cumplió. Al final, se quedó sola en la casa de sus papás. Luego se mudó al piso de abuela Monse, porque su casa era ya muy grande para una mujer sola. La señorita Walker a veces toca el piano. Es uno cortito, sin cola y que mira a una ventana de la calle. Estudió por muchos años, cuando tocar el piano era algo que las niñas de bien debían saber. Su papá era americano. Vino hace un siglo para trabajar en la universidad y allí conoció a la que fue su madre.

—Se detuvo de repente, para asombro de los que iban a su lado, ya sabes, la cola de estudiantes que quieren saber más y más del profesor de Ciencia. Y no dijo nada, sólo se quedó parado allí en medio de la plaza, cuando esa plaza universitaria estaba invadida de muchachos, casi todos varones. Y la vio atravesarla con paso seguro, con su cartera colgada al hombro y algunos libros abrazados al pecho. Me decía: Yes, love, I would wish to be one of those books.

Su papá era altísimo. Lo sé por las fotos que tiene colgadas en todos lados.  Las personas alrededor de él le llegan al hombro o aún menos. Era un señor que vestía sombreros, de piel muy blanca y ojos clarísimos, casi transparentes. Su mamá era distinta. Era una muchacha bajita, muy morena y graciosa, dulce como el chocolate, decía el señor Walker en su acento y la señorita lo imitaba muy galante. Su mamá murió cuando la señorita Walker era muy pequeña y su papá decidió no casarse otra vez ni regresar a su país.

Papá me aseguró, serio, muy serio, que tiene una deuda con la señorita Walker, que nunca podrá pagar. No dice cuánto le debe, pero siempre me recuerda que ella le enseño a leer.

Estuvimos una hora en lo de la señorita Walker. Nos dio todas las instrucciones que anoté en un papel. Aunque era pesado, Al pudo cargar la maleta con una sola mano. Cuando se cansaba usaba las dos o la cambiaba de mano. Al bajar a la calle nos despedimos.

—No se preocupe, lo cuidaremos— le dije con la mano en alto para despedirnos.

—Allá estaré. Este no me lo pierdo. Hace mucho que no veo uno de esos. Vayan con cuidado.

Ya Al se me había adelantado y caminaba calle arriba. No es lejos.

Contar mi historia es lo más difícil que haré este año. Tendré que acordarme de muchas cosas que ya apenas recuerdo. Tendré que describir personas que ya no están o que se han ido. Evitaré decir martes o miércoles, porque no tenía idea de los días cuando era más pequeña. Sí hablaré de la noche y del día porque casi todos mis recuerdos son claros, con mucho sol.

¿Qué hace una niña de 10 años? Pues practica las tablas de multiplicar, hace divisiones. Debe saber de las fracciones, de los triángulos, los círculos y los cuadrados. Y sabe lo que es un ovoide. Eso dijo mi maestra. La de inglés dice que tengo que contar hasta cien al menos y usar el teléfono y la computadora. Nadie espera que lave mi propia ropa o que cocine como lo hacía Abu desde los ocho. Nadie cree que pueda calmar el hambre de un bebé [Definición: Calmar. Sosegar. Adormecer, templar a alguien o algo, para que no llore ni chille], ni cambiarle los pañales. Y todo eso lo prefiero. Quiero ir a la escuela, tener amigos, dibujar y hacer música. Estudiaré Ciencia cuando sea mayor para ir al espacio. Allá arriba todo es distinto, negro y ancho. Me imagino que habrá mucho silencio como en las noches, cuando todos duermen y es lunes.

Pero para la escuela entrevistaré a todos los que se dejen en el barrio. Me llevo el micro, la grabadora que carga Al y simulamos ser periodistas. Algunos siguen el juego y se dejan entrevistar. Otros dicen «nena, no tengo tiempo para eso» o «esas cosas no se preguntan, enana». Entonces merecen que les saque la lengua o los burle con una trompetilla. Los adultos son molestosos, a veces.

Al pasar por la carnicería vimos a un señor de espaldas muy anchas y en medio de la acera. Tenía la camiseta blanca toda manchada de manos y dedos enrojecidos, como si la hubiese usado de paño de fregar, y un mameluco azul, con las mangas afuera, colgadas a la cintura. Estaba en plena faena, agua por aquí, agua por allá. Parecía un bombero que llegaba tarde al incendio, ya apagado. Ese era Velázquez.

Velázquez no es pintor. Siempre se lo dice a la gente que llama por teléfono a la carnicería. «Hola, habla Velázquez, pero no el pintor, ¿eh?» Papá me buscó en los libros de arte que colecciona de quién hablaba. Un señor que murió hace muchos años y que le gustaba retratarse mirando de frente. Pero mi favorito es el otro que pintaba cielos oscuros con muchas estrellas y nubes como olas. Se marea uno al mirarlo con la cabeza al revés. Al y yo lo hacemos para ver quién aguanta más. Nos paramos de manos y miramos las fotos. Con la de ese señor le gano siempre.

Para la entrevista, le preguntamos hace días qué carne se vende más. Dice que las vacas han pasado de moda, que el cerdo se pide más por Navidades. Todo el mundo quiere pescado y pollo. El pavo. El pavo está de moda. Él los trae ya muertos. Son como pollos grandes, inflados, como los cuadros de otro señor, que pinta hasta las botellas como globos. Velázquez dice esas cosas porque de joven, pintaba cuadros abstractos. [Definición: Abstracto. Que sigue el arte abstracto, con cuerpos y caras y manos que no parecen reales, pero que se suponen están ahí.] Pero luego se murió su papá y tuvo que atender la carnicería, porque era el mayor de sus hermanos. Entonces ya sólo dibuja caricaturas en el papel de estraza marrón con el que envuelve el jamón o el queso. Yo tengo muchos guardados en la nevera. Se conservan mejor allí.

A todo el mundo —quiero decir, al barrio— le falta alguien. Algunos porque ya se han muerto. Otros, porque se metieron en un avión para no regresar. Algunos vuelven «con el rabo entre las piernas», dice Abu. Otros regresan en verano para huirle al calor derrite-sesos, traer regalos y ver a los parientes niños crecidos, con barba, con pelo largo y con novio. Cuando mamá vuelva, yo no sé si ya tendré novio.

—¡Bea tiene novio, Bea tiene novio! —gritaba Al, el muy gracioso.

—Cállate, no digas sandeces. Gordo tonto, barrigón.

—Te besó, yo lo vi.

—No me besó. Yo no lo dejé.

—Se lo diré a tu abuela.

—Díselo a quien quieras. Yo le diré a abuela Monse que le sacaste el dedo malo a tu maestra.

—¡Mentirosa! Yo te lo dije en secreto. Y me lo prometiste.

—Tenía los dedos cruzados, bobo.

Al y yo a veces nos peleamos así. Él baila a mi alrededor, me tira del pelo o de una manga del uniforme de la escuela. Yo le doy de patadas en la espinilla y de manotazos que a él no le hacen ni gracia ni moretón. Ese día, que también fue lunes, se puso muy graciosito. Me esperaba afuera de la escuela, porque Abu no iba a llegar a tiempo. Entonces me vio cuando empujé al niño más impertinente de la escuela —todas las escuelas tienen uno o más, en mi escuela se llama Valerio— y salí corriendo. Me miraba tapándose la risa en la boca con una mano y señalándome con la otra.

De los novios Abu se burla todo el tiempo. Se detiene en medio de la acera mirando a las parejas de la glorieta, esperando por sacarse una foto. Dice «esa muchacha se echó novio porque no vio». Y enseña todos los dientes, aún blancos. Yo aún soy muy pequeña y no debo hablar de esas cosas. Papá dice que eso son porquerías. Pero creo que lo dice disimulando una sonrisa, detrás de la cara de señor serio. Abu dice que los novios no deben besuquearse en las escaleras. Lo dijo el día en que sorprendimos a Vero con su novio. Ese que hizo las fotos del cielo. Vero es la vecina del segundo. Yo vivo en el tercero, al lado de ese «pájaro raro, el J. B.», como dice Abu. Ella cree que ese señor trabaja poco. Yo creo que trabaja desde su casa —como a veces lo hace Papá— y colecciona papeles de otras personas.

Aunque el eclipse se verá muy de noche, tendremos que prepararnos de antemano. [Definición. Antemano. Una mano antes de la mano.] Al estuvo ansioso todo el fin de semana porque llegara el día. Ya papá lo tiene escrito, la hora, la posición. Abu hará los bocadillos. Y tendremos el telescopio de la señorita Walker. Será la fiesta del eclipse o la fiesta de la luna. Tal vez Vero venga con su novio para tomar las fotos.

Cuando llegamos a la plaza vimos a algunos niños haciendo la fila del carrusel. Cholo estaba sosteniendo la palanca de arranque, con su mano arrugada de tantas cicatrices. La otra siempre la guarda en su bolsillo. Dice que para no espantar a los nenes más pequeños. Cholo es el señor que pone a andar el carrusel de los caballitos enanos. Su mano inútil está aplastada y medio monga. Cuando le preguntamos qué le había pasado, nos dijo que fue por culpa de la otra máquina.

—Tú ni habías nacido. Tú papá era un muchachito. La maldita máquina me atrapó en un descuido. Me pilló entre los engranes. [Definición: Engrane. Conjunto de los dientes de una pieza de máquina.] Apenas pude zafarme y casi pierdo la otra. Por suerte, el doctor Dos Santos estaba por aquí con el nieto. No lo conociste, pero era un santo. Torniquete va y torniquete viene. Me salvó la mano, pero apenas me sirve. ¿Se montarán hoy?

Como somos de aquí y vengo desde que estaba en la barriga de Mami, ya no nos cobran.

Hago turno y subo, como si nada. Hoy llevamos prisa. Le saludamos con la mano y él nos mira extrañados, arrugando los ojos. Creo que es miope. [Definición: Miope. Corto de alcances o de miras, aunque no hay peor ciego que el que no quiere ver, dice la Abu.]

—¿Qué llevan ahí? —nos gritó al ver a Al cargando el baúl.

—El telescopio. Para lo del eclipse —le dije sin detenerme.

—Claro, claro... — dice como acordándose de algo que debía saber.

Todo el mundo habla de eso. Hasta en el Ayuntamiento pusieron desde hace un mes la exposición en su salita. Leo, Sala de Exposiciones: Viajes a la luna (sólo para lunáticos). Fotos de la luna, el viaje a la luna en el 69. Armstrong y la misión Apollo. Polvos de la luna en una vitrina, piedras de la luna, en otra. El astronauta no pudo venir, tenía otros compromisos. Ya lo habíamos visto el año pasado. Papá me llevó a verlo para que pudiera tocar su traje. Era un hombre joven, como Papá, de pelo rapado y con un acento raro, pero se sacó fotos con todos, siempre sonriente. La mía la tengo en la sala de la casa, Al y yo. En medio, el astronauta con su traje blanco.

«Y la luna nunca llegó a la fragua, y el niño no pudo mirarla, no la mira, que el niño no la está mirando». Así escribí sobre la burla de mi primo.

Al danzaba dando vueltas como un carrusel borracho, burlándose del poema favorito de Mami que le estaba leyendo. Sin saber lo que era una fragua. [Definición: Fragua. Fogón en que se caldean los metales para forjarlos, como los que usará el señor que pasa en su camión gritando «se arrrrreglan rrrejas, porrrtones...barrrandas...estimados... grrrrratisss».]

De pequeña, Mamá había soñado con la luna. Ella también visitaba la azotea para mirar por horas el cielo. Yo era muy pequeña, pero lo recuerdo. Me daba mucho frío y Papá nos traía la manta rosa de flores amarillas. Ahora ya está rota. Tiene agujeros por todos lados. Yo no dejo que la tiren, aunque Abu dice que no aguanta un remiendo más. [Definición: Remiendo. Arreglo o reparación, generalmente provisional, que se hace en caso de urgencia.] Por eso la guardé en el baúl con mis recuerdos. Tiene olor a viejo, pero al menos ya no se romperá del todo.

—Selena soñó cuando pequeña que la luna era su madre, una mujer blanca, de pelo blanco y cejas blancas. Tiraba de una carreta arrastrada por bueyes también blancos y resplandecientes como nubes en el día. Y esa luna cambiaba de formas todo el tiempo, ahora era una bandeja de plata, ahora era una cuna para niños huérfanos, ahora era un arco para flechas mágicas, ahora una navaja filosa de gitano —y abuela Monse se sopló la nariz con su pañuelo esta vez, para repetirme la misma historia. A ella le gusta adornarlo todo con su eses largas, teje que teje sobre sus bordados.

—¿Y no te molestó? Tú eres su mamá.

—No. Para nada, niña. Ella es así, muy a lo suyo, muy poeta.

Al pasar cerca de la fuente, doña Inés nos detuvo con la mano:

—Nena, no te vayas. Nena ven aquí.

—No puedo, la maleta pesa mucho.

—¿Qué carajo es eso? —dijo acomodando su carrito de compras cargado hasta arriba de papeles viejos y revistas.

—Un telescopio —le respondió Al, cansado ya de la misma pregunta.

—Toma, llévale a tu abuela. Por lo del mediodía. Las habichuelas las boté, no me gustan las blancas —me dijo al tiempo en que me daba en la mano una *Vanidades* muy amarillenta y arrugada, seguro que de antes, de mucho antes, de que yo naciera, o Al. Tal vez Papá era un bebé o un niño muy pequeño, cuando la vendían nuevecita en los kioscos de la plaza.

—No miren esas cosas a la cara, queman los ojos y el seso. Se pueden quedar ciegos o tontos —y siguió chirriando las ruedas de enfrente del carrito, haciendo mover sus brazos colgantes y arrastrando, chus, chus, chus, sus chanclas negras, medio rotas, seguro que fueron de Abu.

—Es de Luna el eclipse, no de sol —le respondí, aunque ya no me escuchaba.

Al cumplir mis siete, Mami regresó a visitarnos. Fue algo corto. Una semana o algo así. Luego mandaba postales de Navidad o cumpleaños, y alguna muñeca o un libro. Hasta que un día nos dimos cuenta, Papá y yo, que no llegaba nada más. Luego, volvió de repente al año siguiente, sólo por dos días, y así hasta hace un año. Desde entonces no ha vuelto, pero comenzaron las cartas.

Cuando le dije a Al lo de las cartas, ya me importaba poco. El amor se acaba como los tubos de pintura. No creas que dura para siempre, tonto. Al me abrió los ojos como si blasfemara. [Definición: Blasfemar. Maldecir, vituperar, decir blasfemias, que es algo bien feo, muy feo, dice Abu.] No te creo, me dijo, como si supiera algo más que yo. Pero lo negué con la cabeza. A mí ya no me gustan las muñecas, fíjate. Le dije para hacerle saber que ya no me interesaban, que ya no las quería como cuando tenía seis. Eso es otra cosa. No es lo mismo, repetía casi a gritos. Amor es amor. Él no lo sabe todavía. Se lo expliqué como me lo dijo Abu. Pintas a fulano, pintas a zutano y si no te complace lo que ves, o no te devuelven la caricia, se acaba. Así ya le ha pasado a ella varias veces. No dijo con quiénes. «Eres muy niña para que te amargues con eso». Le gusta decir amargura, canalla y mala leche. Le pregunté si eso le pasó a Mami. Me miró batiendo la salsa y negando con la cabeza. «Sácame una cebolla de la nevera, niña». Y luego habló de otra cosa.

Eso sí le pasó a Papá. Cuando entró a la universidad se le abrieron los ojos. Quiero decir que despertó, se dio cuenta de que no todo lo que se cree o se dice es verdad. Tampoco que todo sea mentira, Cecil. El mundo es complicado. Todo puede ser. Un domingo, se negó a rezar el credo en la iglesia. Comenzó con el «Creo en…» y calló. El siguiente domingo ya no fue con Abu a pesar de las amenazas de papá Carlos, mi abuelo. Desde entonces no habla de fantasmas, dice. Ni tiene amigos imaginarios. Y menos de los que se esconden y no hablan. Dice que es como estar siempre solo. Y entonces ¿para qué tienes un amigo?

—¿Qué haces cuando quieres preguntar y no tienes a nadie que responda?

A veces grabo las conversaciones de las abuelas. Hablan cuando abuela Monse pasa por casa o cuando se cruzan por alguna calle. O cuando la Abu va a buscarme en las tardes, casi de noche, y me la he pasado jugando con Al. Aunque abuela Monse vive a dos calles de mi casa a Abu no le gusta que yo ande sola. A Papá, menos. Sólo ahora me deja, porque ya Al tiene músculos y parece hombre. Con él puedo recorrer el camino de ida y vuelta, siempre que sea antes de las siete. Eso sí, no miramos al callejón de las manos, porque nos da mucho miedo.

A abuela Monse le gusta hablar de sus hijos mientras cepilla el pelo de Al. Él se ríe y me hace muecas cuando le da un tirón. Porque Al lleva las greñas largas, casi a los hombros. Y no le importa que le digan que parece nena, porque es alto y ancho, como un tanque de guerra, y da unos puñetazos de hombre.

El señor Rosado está casi calvo y es muy blanco porque es albino. [Definición: Albino. Que presenta ausencia congénita de pigmentación por lo que su piel, pelo, iris, etc. son más o menos blancos a diferencia de los colores propios de su especie, variedad o raza.] Un «hijo del alba» dice él mismo con un guiño. [Definición: Guiño. Cerrar un ojo momentáneamente quedando el otro abierto, a veces con disimulo por vía de señal o advertencia. Vero lo hace para hacerse la coqueta.] Aunque la mayor parte del tiempo no enseña sus ojos porque lleva unas gafas muy oscuras, aun bajo la enorme sombrilla que le puso a su carrito. Prepara los mejores helados de este mundo. Es el heladero de la plaza. A pesar del sol, los venció a todos hace años cuando Papá era aún niño y las *piraguas* habían pasado de moda. Él es el único que anda tempranísimo por la plaza, se va cuando el sol calienta mucho, para regresar luego en la tarde. A la salida de la escuela su carrito se rodea de mis compañeros y otros niños. Cuando me ve frente a él, destapa de inmediato el helado de coco, y no importa quien esté primero me extiende la mano para dármelo. Luego, se retira antes de que oscurezca, haciendo sonar la campanita. Ya son las seis, dice Abu, que le confía como a un reloj.

Dicen que ronda a la señorita Walker. [Definición: Rondar. Dicho de los mozos: Pasear las calles donde viven las mozas a quienes galantean, aunque ellos ya no lo son.] Por eso cuando bajamos por la plaza ya sabía de dónde veníamos.

—¿Cómo está la señorita de salud?

—Bien, bien. Le manda saludos— le mentimos. Y el descarado de Al no puede disimular su risa.

—¿Y esa maleta, que tiene?

—Es un telescopio, es para lo del eclipse.

—Oh sí, se verá bien cerquita —y se va de prisa sonando la campanita, sabiendo que la señorita ya no tiene visita y podrá hablarle por el visillo de su ventana. [Definición: Visillo. Cortina pequeña para resguardarse del sol o impedir la vista desde afuera.]

La primera carta la dejaron en nuestro buzón un sábado. Fue raro porque ya nadie nos escribe en papel y a mano. Papá escribe todo el tiempo en la computadora y me hizo ya el email, *cecil_b@gmail.com*. Un día, me señaló un cajón de hierro azul más alto que yo al otro lado de una calle, lejos de aquí. Dijo «ahí tirábamos los emails de mis tiempos». Yo no le creí, casi le grité ¿en serio? a carcajadas, porque ese enorme zafacón estaba muy viejo y se veía muy pesado allí, clavado en la acera, lleno de grafitis y anuncios de *raperos*. Pero él no lo tomó a mal. Me hizo cosquillas como suele hacer para convencerme de algo. Antes, el mundo era distinto. Antes, hace quince o veinte años, cuando Papá era un muchacho flaquísimo de bigote y *mahones* bien entallados. Parecía un muchacho triste. Luego se enamoró.

La carta tenía mi nombre al frente y nuestra dirección. Estaba escrita a mano, con una tinta azul, casi transparente, aguada. A Papá le extrañó mucho y me la entregó pensando que era algún juego entre Al y yo, que habíamos dado una vuelta al tiempo para jugar a los *pen pals* o algo así.

«Queridísima Cecil», comenzaba. Grité, Papá, Papá, es de Mami, mira, es de Mami. Él sólo frunció el ceño [Definición: Fruncir el ceño. Arrugar la frente y las cejas en señal de desabrimiento o de ira] y miró a Abu. Déjame ver...y la tomó de mis manos. La leyó muy rápido. Balbuceó «la letra, esta letra parece...sí, parece». Y me la devolvió. Y esperó a que la leyera. Y me vio llorar. Y me puso una mano en el hombro. Me acarició la cara con su mano derecha, como hace cuando me deja en las noches medio dormida en la cama, «que sueñes cosas bonitas, mi nena». Abu no dejaba de mirarnos, con la cuchara en la mano, detrás del humo de una sopa o un guiso hirviente. Ya no lo recuerdo. Dijo algo sin terminar, «la muy..., la muy...». Pero eso fue hace muchos meses. Luego, vinieron algunas postales con fotos de castillos y de montes, cosas de otros países que aún no he visto. Era la misma letra y la misma tinta aguada de azul casi transparente.

Todos llegaron antes de las ocho. Subimos a la azotea cerca de las nueve. Papá colocó el trípode y el telescopio en la dirección donde se supone estuviese la Luna. Me dijo que mañana no iremos ni a trabajar ni a la escuela. Así que estaré despierta hasta las doce.

Vero llegó con su novio a la azotea y se apoderó de la música. Conectó su teléfono a las bocinas y puso todas las canciones lunáticas que encontró. A Al le gustó esa que dice «Blue moon...» que comienza triste, pero luego se arregla. La oyó dos veces seguidas, girando con los brazos en alto y su melena hecha rizos. Se metía entre las butacas y las sillas «blue mooooon...la, la, la, lala, la, la...», tocándose con ambas manos el corazón. Yo no pude contener la risa y le seguí con mi falda larga y la corona de flores que me trajo la abuela Monse. Papá me miraba y me lanzaba besos que yo fingía atrapar en el aire y me los ponía en los cachetes y en el pelo. Él estaba rodeado de las abuelas y la señorita Walker, que le gustaba arreglarle el mechón de la frente, como cuando tenía seis.

Subimos con la esperanza de que la Luna se dejara ver. Apareció por momentos, para luego ocultarse entre las nubes que habían llenado el cielo todo ese día. Pero ya cerca de las diez, todo se puso gris y el cielo completo fue un eclipse. Y al final, bueno, ya todos lo saben.

Al final no pudimos ver nada. Del cielo comenzaron a caer una gotas gordas de lluvia. Tuvimos que bajar corriendo y Papá cargó con el telescopio que cubrió con una sábana para que no se mojara. Los novios reían, yo no. Al tomó del brazo a abuela Monse y a la señorita Walker. Yo iba con Abu, y no pude contener el «aughh, mierda». Abu no me regaño esta vez. Dijo, vendrán muchos más. Y todas dijeron lo mismo.

Luego, nos reunimos en la sala de la casa. Nuestro piso parecía estar de fiesta. Estaban las puertas abiertas y hablábamos en los rellanos y los pasillos. Al y yo nos sentamos frente al televisor para ver el eclipse, el real y que no pudimos ver en el cielo.

—Dile a Julito que venga, niña —me pidió la abuela Monse—. Debe estar despierto aún. Y con lo de su madre, que en paz descanse, estará solo. Toca antes.

—Ven, le dije a Al.

Su puerta estaba entreabierta. Aun así, tocamos y nos abrió. Apareció de repente, cuando estábamos a punto de regresar. Nos miró con cara de susto. Vestía una bata o batola [Definición: Batola. Prenda de vestir femenina de una sola pieza, holgada, larga y sin botones, como las que usa Inés, pero limpia.] o camisa larga hasta los pies, con raros dibujos como de hojas o peras. Le dijimos que abuela Monse quería verlo. Que fuera un rato con nosotros. Hay té, le dije para convencerlo. Nos miró un poco sorprendido y miró al otro lado del pasillo. Mucho ruido, el televisor prendido y las conversaciones salían hasta afuera. Dijo, me cambio ahora y entró a su cuarto, dejando su puerta abierta. Cuando ya me iba, vi que Al entró casi de puntillas. Como es muy curioso y lo quiere tocar todo, tuve que acompañarlo y entré también.

—Tendré que llevar algo, decía desde el cuarto. No me gusta ir así, con las manos vacías.

—No hace falta. Hay mucho de todo, comida, refrescos, dulces —le dijo Al.

Nunca habíamos entrado a su casa. No. Miento. Una vez entré para llevarle una nota de abuela Monse. Estaba en un sobre cerrado. Me advirtió con un dedo casi en mi cara que no la abriera. Dale a Julito. Cosa de mayores. Dile que no podré ir hoy por allá.

Su sala era como la nuestra pero invertida, como un juego de espejos. En una pared tenía tantos libros como la biblioteca de mi escuela y en la otra mi escritorio. Bueno, su escritorio, pero que antes era mío. El escritorio del señor J.B., que así se llama ese señor, es un mueble de madera que abuela Monse le regaló, cuando se mudó acá. De pequeña, yo jugaba a ser maestra frente a él. Al se sentaba de frente en una silla y obedecía todo lo que le indicaba. Lo hacíamos algunas tardes, cuando abuela Monse se detenía en la mueblería de papá Agustín, mi otro abuelo, a hablar con tío Emilio. Un día, al regresar a casa, vimos a 3 hombres subiéndolo por la escalera y lo entraron en la casa del vecino. J.B., que así se llama el vecino, me miró con cara de saludo, pero yo sólo me planté frente a él y le dije que el escritorio era mío. Sólo se sonrió y me dijo que podía venir a visitarlo cuando quisiera. Nunca lo hice, la verdad. A Abu no le gusta que hable con extraños y menos sola. Pero entonces tenía seis o siete, no recuerdo.

El escritorio del señor J.B. —que fue mío— estaba a un lado de la sala, pegado a la pared y cerca de las puertas que dan al balcón. Estaba lleno de papeles y algunos libros abiertos. La pluma estaba al descuido sobre el escritorio. Destapada, sangrando tinta en un papel arrugado. Los borrones eran de dedos con sus marcas claras, clarísimas, un pulgar, un índice, un anular de lado. En el suelo, fuera de la papelera estaban los intentos: «mi ~~querida~~ adorada Cecil», «niña mía», «mamá piensa en ti cada día», «¡no sabes cuánto te he extrañado», y todas esas tonterías que se dicen cuando inventas demasiado. Por eso odié a la abuela Monse. Por eso de pronto quise llorarla como si se hubiese muerto. Por eso la quise más que ayer.

Al otro día Abu nos despertó casi a gritos asustada, porque era mediodía y seguíamos en la cama. Dormí toda la noche abrazada a Papá y sin movernos apenas.

—Cualquiera diría que tienen la enfermedad del sueño —nos dijo recogiendo las sábanas y la ropa tirada—. ¿Café o chocolate? —nos preguntó sin mirarnos.

—Té, probemos el té —le dije atrapada en un largo bostezo.

# Martes de amor y de guerra

*«En el amor como en la guerra todo vale»*
—Refrán popular

*«En martes, ni te cases ni te embarques»*
—Refrán popular

Una mujer camina callejón abajo. Su silueta está perfectamente delineada por el farol a su espalda. No es un figurín, no lo es. Luce una flor que con esta oscuridad se hace negra en su cabello. ¿Será una amapola? ¿Será una rosa? Se ha detenido para arreglarse las medias. Un hombre está al final del callejón. Fuma. Tose. Tira la colilla al piso y la apaga con su pie. Tose de nuevo.

—No andes sola por aquí a estas horas.

—Me quedé esperándote —le responde ella con voz deslucida, ronca, sin miel ni limón. Le tira del brazo y se alejan de allí perseguidos por sus pisadas, *tic-tac-toc, tic-tac toc.*

—¿Qué pasó?

—Me entretuve con los italianos. A cinco la partida y ni siquiera sabían montar una *Giouco Piano* decente.

—¿Tienes hambre? Podemos ir a lo de...

—Ya es tarde. Mejor te dejo en la casa —dice, casi lamentando las míseras ganancias de otra noche sin amor.

Tres cuadras más abajo se despiden con un beso en la mejilla. Él espera a que abra la puerta del portal y se detiene un momento a escuchar sus pasos en la escalera, *tac toc, tac toc, tac toc.* Se oye una música a lo lejos... «*Es tarde y yo no vuelvo a brindarte tesoros a ti...Es tarde y me esperan...*».

Un hombre entra a un callejón oscuro, sin luz ni luna. No es un figurín, no lo es. Luce una chaqueta remendada en los codos. La correa de su morral atraviesa su pecho de izquierda a derecha. ¿Qué contendrá? ¿Serán papeles, acaso su diario? Oculto, allí oscurito, andará un rey desteñido abrazando a su dama de palo rosa.

Ana Margarita —nuestra dama— prefería la Ruy López. No por una devoción guerrera hacia los curas. Era ese alfil alocado y sin escrúpulos, adentrándose en tierra ajena lo que la impulsaba a quererla.

—Podrás alejarme, bendito peón, pero está en mí lanzarme de frente contra tus caballos —así solía decir, histriónica, ladeando la cabeza y lanzando un beso al oponente.

Hacía muchos años ya que había perdido a Rolando. Culpa de los amores desprotegidos. Lo encontraron de pie —pelo encanecido, quijada desencajada, desdentado— recostado en una esquina, donde lo atrapó el vacío y el descontento.

—Joder, con lo bien que iba todo — alcanzó a decirse a sí mismo, fingiéndose al fin feliz. Y se apagó para siempre. Contra el destino, nadie la calla. Por eso Ale era un paréntesis al infortunio, un aire repentino, grato, como brisa cargada de un salitre que no daña.

Ale frecuentaba el *Bar de las Marías* cuando podía, que era casi todos los días. El dueño, un judío converso y reconverso, lo invitaba a quedarse cuanto quisiera. Era un atractivo más para esa clientela migrante que añoraba trebejos de madera frente al calor del fuego sobre estepas frías, negras de verde, las mismas de las fotos de los exploradores.

Ale era de la Dipiní. Adoraba a la Dipiní y se la pedía al muchacho ese que controlaba la música, inmediatamente después de la punzada honda en el hígado que le dejaba la segunda caneca de ácido etílico, su «muerte diluida». Sonreía con el cigarrillo apagado y flojo entre los labios —ya no era elegante empañarle los ojos al contrario tras la nube de humo—, mostrando la costra *marrónísima* entre los caninos.

Ana Margarita lo esperaba sentada en su rincón. A veces, cuando tenía ganas y lo venía solo, le ponía los trebejos en su sitio para enfrentarse a los peones a la bayoneta contra una *Defensa Siciliana* pobremente concebida. Casi siempre se rendía antes de treinta. Su fuerza era el contraste perverso a esa caricia que le sucedía, cuando ella presentaba su rey.

—No pasa nada cariño. A la próxima, no me abras la columna de torre —le decía Ale con su voz más áspera.

Y ella le tomaba la mano con la suya, y le acariciaba con su derecha callosa y blanda. De inmediato se ponía de pie arreglándose la falda:

—Ya son las doce. ¿Vienes?

Y la invitación era correspondida casi siempre. Caminaban en silencio, con el solo ruido de sus tacones sobre la piedra china centenaria. Callejón de las luces, callejón de las sombras, callejón de los jugadores, callejón de las vírgenes y mártires, callejón de las lloronas, callejón de los gamberros.

Marco Aurelio había estado acatarrado y ronco por dos semanas, por lo que no debió salir anoche. Gárgaras y gárgaras. Escupir. Gárgaras y gárgaras. Escupir. Se vio en el espejo del botiquín con las marcas de un pintalabios impertinente que bajaba de sus labios hasta ese mentón, ahora barbudo, que no le correspondía.

—Haré el café —dijo Ale, desde el otro lado.

Hoy, justito, van dos años desde que la mesa de piedra ajedrezada que frecuentaba Ale en la plaza permanece vacía. Alguien tuvo la gentileza de colocar una plaquita de latón con su nombre bajo la silueta de un rey. Como Marco Aurelio atravesaba la plaza casi todos los días, disimuladamente se tocaba los labios con tres dedos para pasarlos luego sobre esa mesa fría en las mañanas, caliente al mediodía. Ritos que se acumulan, que se coleccionan como las estampillas de correos.

Marco Aurelio esperaba ya unos minutos mirando retraído desde la vitrina del café, recordando el día en que le llevaron la noticia al bar. Corrió y corrió, pero sus pies no fueron tan rápidos para llegar a verlo vivo por última vez. Ese día también sintió que algo se le abría por dentro: *cric-crac*. La jaula estaba abierta y Ana Margarita se escapó sin despedirse.

—Creo que me dieron la orden equivocada — le había dicho minutos antes a la muchacha del mostrador. Y le alargo la bolsa del papel de estraza con los trozos amigajados del panecillo y el café, ya frío.

—Ay, disculpe. Sí, ahí lo dice en el papelito. Julia.

—Mire usted. Ni me fijé —le dijo disimulando su torpeza, pues fue él quien tomó la bolsa antes y salió de prisa corriendo. Tal vez alguien le llamó. Tal vez alguien le gritó y decidió ignorarlo.

—Tomará un minuto. Perdone el inconveniente —dijo con voz melosa, formal y *sopranística*; tan dulce de coco, agria como el tamarindo, conspicuos ojos de niña que madruga mucho.

—El peón del alfil de rey se ha movido dos casillas — murmuró para sí mismo, al ver por la vitrina empañada a dos personas al otro lado de la plaza. El cura está afuera, frente a la iglesia, con la mano al hombro de un monaguillo, su peón. El niño tendrá que moverse dos casillas. Y así lo hizo. Marco Aurelio aún guardaba la costumbre de pisar misa algún domingo. Su padre fue un devoto, *Caballero de Colón* y de otras tantas afiliaciones a lo divino.

—Yo no sé si creer o no creer. Pero, eso sí, de las sotanas me alejé a tiempo —le había dicho a Ale, apenas unos días de conocerlo.

Al fin llegó el café con un:

—Perdón, hoy estamos cortos de personal.

—Sí, ya me había dado cuenta.

Los martes no son días para tener mucha gente detrás del mostrador con el corre y corre, el sale un café, ahí van unas tostadas, las rodajas de pan en triángulo perfecto sobre el revoltillo de huevo —sin duelo ni tormentos—, el ruido de la espátula sobre la plancha caliente, calientísima, con una larga cadena de órdenes esperando turno para entrar en la cola de los desayunos por existir.

El café estaba de un tibio precipitándose descaradamente al frío. Sin flores de leche, sin ninguna espiral áurea, sin un corazón o rostro de oso panda. Había hoy un aire carente de sensibilidad, un aire cargado de una torpeza muy ruda. Había hoy una fuerza centrípeta al desplante, a la ofensa velada, al insulto mudo, al mal de ojo imprevisto. Se resignó, como siempre lo hacía a pesar del mal rato y el descorazonamiento que le durará todo el día.

Luego, dio la primera mordida al bollo que resultó ser…de limón. Náuseas, imprecaciones y aspavientos. Sí, se había acabado la guayaba. No digo más: acritud, mala cara, furia suficiente para un gran diluvio que lo recogiera todo y esta vez suprimiendo las especies más rastreras y las más creídas.

La niña le volvió a mirar con ese gesto de *ay, bendito*, mueca de labios incluida. Sus piernas sostenían como horquillas, aquel monte irresoluto, bosque de tréboles, de virutas y tiras de algodón que —como a veces, trillada, estereotipada, repetida, aburridamente se dice— coronaba su cabeza.

—Figúrate, en este momento, en algún lugar, hay un ser humano que está poniendo su vida pendiente de un hilo para darle vida a otro ser humano. Es de las pocas cosas de las que podemos estar seguros. ¡Tanto buscar a las mujeres en la historia y no hay más que mirarse al espejo o salir a la calle para ver quién es nuestro verdadero autor! Pero hay quien no lo ve —y ella abrió sus ojos inmensos, aún vivos. Miraba al vacío sobre él, tal vez a algún punto detrás de la vitrina hacia la calle. Parecía balbucear un *sí, sí*, cuando desde otra mesa la llamaron.

—Usted dice unas cosas —le espetó despejando tal vez un vago pensamiento con el paño húmedo de tantos cafés derramados—. ¡Por ahí voy! —y se alejó deprisa.

Minutos antes de entrar al café, ese hombre estaba en otro lugar. ¿Dónde? A eso iremos. Vayamos por aquí, sin tropezar, al otro lado de la plaza. Esta es la planta baja del Ayuntamiento. Aquí estaba ese señor media hora antes. Si se acercan a la primera puerta vidriera, lo verán con su mentón altivo y chaqueta ajustada. Ese. El mismo que acabamos de ver hablando con la joven dama: Marco Aurelio.

Estaremos un buen rato viéndole. Está gesticulando ante la nada, azotando manos al aire, mirando a un punto fijo. Ensaya. Simula dirigirse a la gente. Esta noche es importante para él. Se inaugura otra exposición. Es la primera que organiza él solo. ¿Cómo lo sé? Bueno, lo andamos siguiendo ya hace bastante tiempo. El tiempo pasa tan rápido. Después de la pesadilla del Banco, logró colocarse aquí en la galería municipal gracias a las insistentes relaciones, los amigos del ahorro y de lo prestado, la aprobación crediticia antes del embargo, la orientación desinteresada de las tasas de interés, por la franqueza de los ojos que miran directo a los otros ojos. Así fue. El *Ayudante de Asuntos Culturales* le dijo: el puesto es tuyo si lo quieres. Y he aquí que Aurelio, el oficial de créditos bancarios se convierte en Marco, el anfitrión de exposiciones educativas. No quiero adoctrinarte, pero fíjate bien en su solapa, su nuca abrillantada, sus uñas impecables. Eso también es un arte.

—Es imposible que la línea de contornos sucediera a la mancha. La evidencia es clara. La línea es una abstracción, de la que damos cuenta luego de aplanar el mundo, no como lo vemos, sino en dos dimensiones. ¡Qué mire quien quiera hacerlo! ¡Qué entienda el que quiera! Ahí lo ven señoras y señores: las imágenes rupestres no mienten. Y si parecen hacerlo, es porque alguien ha descolocado las muestras del carbono 14 —eso se dijo a sí mismo ante aquellas fotos de cavernas, ante aquellos monigotes de hombres peludos, burdos, como *rodines* sin terminar. Así se dijo para anticipar el encuentro de esta noche en la galería, cuando tendrá que enfrentar a las señoras de pelo enrollado en la cresta, como serpientes en reposo; a aquellos señores de cigarrillos sintéticos y perfumes de lavanda. Y fue entonces que tomó el primer sorbo. Y fue entonces que mordió el panecillo agrio de un limón inesperado. ¡Wákala! Dejémosle hablar, que se las arregle él solito.

—Se equivocaron, me dieron la orden distinta— dijo secándose el sudor de la carrera con su pañuelo almidonado. Casi grita. Casi llora. Tanto esperar como todos los martes para este desencuentro. Ni su café, ni su hojaldre de guayaba. Cierto. No lo vio venir. No lo miró, acostumbrado a recibir la misma orden de siempre. Salió antes corriendo, casi llevándose en volandas a la pobre Inés. El hedor le espantó y aceleró aún más el paso. *Perdón, perdón*, dijo con una mano en el rostro —a la sordina— para apaciguar los reclamos de la mujer.

Todas las mañanas lo mismo. Desde que salió del Banco, todo le parece repetido. Hasta su lado derecho se va pareciendo más al izquierdo. La misma gente, la misma sala de estar, la misma conversación consigo mismo. *Yo no soy de aquí ya*, se dice. Aunque lo fue. Tal vez por eso se siente ausente, invisible. Desde que salió del Banco. Eso fue un antes y un después. Ahora vive de siete a tres. Sentado en la butaca acojinada frente a un mostrador inmóvil. La gente va y viene enfrente, como en una película muda, como sombras y esperpentos dentro de una cueva demasiado iluminada. Pasan sus cuerpos por la vidriera de la primera puerta, los anticipa en la del medio, y luego se le desaparecen en la tercera. En la galería es así todos los días. Corrijo, casi todos los días. La cosa se anima los sábados. El domingo no está. Es su primer día libre. Los lunes tampoco. Por eso su lunes es siempre el martes. Día muy difícil. Le cuesta pensar. Le cuesta comer. Le cuesta caminar.

Todos los martes para en el café para el *tratamiento*. Así lo llama: un cappuccino de ocho y un *croissant* con mermelada de guayaba. Hoy no tuvo ni flor en el café. La niña debe estar o distraída o cree que el café es para otro. Un desconocido cualquiera, un turista arrogante con aires de conquistador, o una descortés animalista con su bolsita de caca en el cinto. Respira hondo y vuelve a mirar a la calle.

Al frente está su pequeño mundo. Un carrusel, una glorieta de techo alto, hexagonal y metálico, con algo de óxido —amado vejestorio— bajo el que se han fotografiado tantos besos. Y ahí también está la fuente de las cuatro estaciones. No te diré si al lado de esto o de lo otro. Eso no es lo importante. También está el reloj de piedra, las mesas ajedrezadas, donde tantos parroquianos —si se me permite el aire religioso— han pasado horas meditando. A un extremo —cualquier extremo, ya te dije que no es importante— está el Ayuntamiento. Su fachada la precede una arcada parabólica. Algunos la ven inclinada y temen que se les venga encima. Justo en la mitad de esos arcos corre de un lado a otro la pequeña galería. De allí partimos hace un rato para seguir al señor que la atiende. Ese señor es Marco Aurelio, ya te dije. Es un señor que respira, camina y mira distinto a todos los demás hombres. Pudo haber sido una mujer, pero no. Algún cruce de estrellas lo hizo varón. *Es un niño*, dijo la barítona voz del médico que lo levantó a la vida ante los adormilados ojos de su madre. Tardó unos segundos antes de reaccionar y acordarse de que tenía que respirar por sí solo. Pero eso fue hace más de 50 años. Ahora es otro día. No te digo más porque te arruino la sorpresa.

En el Banco todo era estructura, un porvenir cierto, un orden de ventanillas, de personal amaestrado y simétrico, de faldas y chaquetas marinas planchadas al vapor. Era la fila articulada como un sistema de eslabones que se tuercen en noventa grados para seguir su curso repetido y a la inversa. Hasta la seguridad era un dogma sabido. Él era un peón de torre que avanzaba en su columna abierta. Pero se estrelló en la octava. Creía como que el sol sale en las mañanas que sería promovido. Y no. Apenas le dijeron, Aurelio, ya veo que llegaste, pero sólo puedo promoverte a caballero. Esa es la historia, no le dejaron ser reina. Entonces la partida se terminó de repente. Alguien de más arriba tiró todas las piezas de un zarpazo. Por eso estaba allí, en la galería. *Comenzando otra vez el juego, ya me vez*, repetía a sus conocidos. Por suerte, *ya tengo al rey enrocado*, y sonreía para sus adentros, donde se escondía Ale.

—Debió ser martes cuando las tropas alemanas invadieron Polonia en el 39 —pensó.

Luego se entera de que fue viernes. Joder. Tan bien que iba la historia. La plaza se va llenando de turistas vestidos para el Caribe. Un Caribe que han visto en fotos ajenas, en un viaje de la tía por crucero, en una escapada de fin de semana volátil del vecino, en los carteles publicitarios promoviendo el calorcito, en canciones que destruyen el contador de *YouTube*, en las crónicas de las guerras sin tregua ni trincheras. Y eso les basta para creer saberlo todo. Y tal vez lo sepan todo, pero no el motivo. Dios no hizo esto para el recreo. Eso se dice para sus adentros, cuando le sale lo cristiano y ruega y reza por ser otro. La verdad es que no le sale el otro. Algo que está ahí dentro, algo que sólo descubre cuando se mira al espejo, le impide ser otra cosa. Lo nuevo se construye del pasado y qué pasado puede albergar lo nuevo, si ya está ahí, arrinconado como una costra, tallado a mano y sin mucho esmero. En definitiva: es un *Guernica* mal pintado, un grafiti de malas intenciones, en protesta, sin barniz protector, listo para ser exterminado.

—Debió ser martes el día en que se tiró la bomba en Hiroshima, aquel nefasto 6 de agosto —pero tampoco.

Fue un fastidioso lunes de amanecer temprano, de apaga el despertador que ya estoy arriba, de maldito bochorno húmedo de verano, de llego tarde al trabajo por tu culpa, de para qué la prisa si luego estaremos todos muertos. Lunes, previo al martes, en que el tedio y el ensueño conviven a un tiempo. Lunes, anterior al martes, en que lo que se mira y lo que se desea mirar no permanece como es debido. Lunes, seguido del martes, que le ha cambiado las reglas de juego y todo sucede, se mueve, hasta la historia —su historia— parece una extensa mentira desatada como un río imparable, la *Obertura 1812*, a tronadas y trompicones inciertos contra cualquier otro que va en dirección contraria. Por ahí viene el tercer café.

Recordó que la primera vez que los vio —hace ya unos meses— los observó largo rato, sin envidia e indiferente. Jóvenes de hoy, *generación Z*, que no se enteran del pasado siglo. Él tenía perfectas falanges que terminaban en punta, como las manos de un guitarrista medieval. Ella lo miraba con ojos sonrientes, como si de su boca saliera la *Sevilla* de un Albéniz enamorado. Lo miraba y remiraba, moviendo el rostro al compás de una mazurca dodecafónica que comenzó a amar de inmediato. Marco Aurelio se concentró en un punto, en su rostro móvil, como la cabeza de un juguete. Y todo lo demás se le nubla. Y todo lo demás es la periferia que poco importa. Y la memoria le engaña. Ella le regresa a la frente y se esconde de nuevo, dando nuevas formas, sentimientos del presente que no tuvo antes. Amor, dolor, envidia, angustia. Coraje. El coraje para querer como te quiere Dios: a fuego y espada, con sudor y sangre.

—El amor y la belleza son almas gemelas —se dijo. Bastaba verla mecerse con su grácil vuelo de sábana al viento, huyendo de la fealdad del mundo, para adorarla infinitamente.

Marco Aurelio nació con el mal de la tardanza. Respiró tarde, lloró tarde, leyó tarde. Supo del amor cuando se dio cuenta de que los sueños mojados no eran una maldición de Dios. Tendría unos quince o dieciséis. De adolescente, nunca había padecido de nada —importante paradoja— y menos del pecho, de esa taquicardia repentina ante la luz de un rostro: su rostro. Pero Wanda era de otro mundo, una paloma descarriada entre cuervos negros. Bastó verla en zapatillas de punta como una dama china para recordarla siempre. El amor deja sus llagas y esa fue tal vez la primera. Ya luego, vino la soledad festiva, la calma pedregosa, la quietud del pájaro insomne, los libros en el estante que se van llenando de palabras y de ausencias, huecos que siguen engordando.

—Un nido de cigüeñas. ¿Has visto uno? Acá no hay. Son enormes. Se posan en las chimeneas. Tal vez por el calorcito —iba reteniéndola, alargando la conversación, mirando a través del cristal de la vitrina, simulando buscar un recuerdo, una imagen de algún viaje a Ámsterdam o a Varsovia. Y ella se empeñaba en irse, por necesidad, por gusto, porque la felicidad dura lo que un suspiro.

La segunda vez que los vio —hace ya unas semanas— ella le sonrió. Él levantó la mano un poco más arriba de su cintura, con desgano, por compromiso. Esta vez, ella iba de azul. Su pelo se escapaba de todos los cepillos imaginables. Morena, la belleza está en la mezcla, pensó por no dejar vacío el recuerdo. Los viejos de la calle la miran, con el hocico levantado. Miran con asco su risa abierta, su melena alborotada de acertijos, su cuello alto y juguetón. La gracia no les cabe en el cuerpo ni en la mirada, mientras con su diestra recogen la caca de sus cochinos. Son puro Shopenhauer. ¡A ver miserables, cuándo comenzarán a tirar viejas por las escaleras!

—Estas invitada, niña. A las ocho comienza; tendrás tiempo para cambiarte—. Dio dos pasos y se volvió en la puerta del café antes de irse.

—Te espero —con un giño coqueto de ojo.

Afuera, una brisa levantó faldas y solapas; liberó sombreros y espantó palomas. Alguna voz saludó con mano incluida. «En la noche, nos veremos en la noche», resonaba en su cabeza. Y ella no llegó.

La tercera vez que los vio —hace un par de días— él le retiró la mirada con un cierto desprecio. Al menos eso le pareció a lo lejos. A lo mejor fue la luz de la tarde la que jugaba con el sentido de los gestos, y las sonrisas parecían muecas de dolor, y los saludos eran señal de despedida.

Les pasó por el lado con las manos en los bolsillos de la chaqueta, con el consabido, *buenas tardes* y el comprometido, *cómo andas niña*, *lindo traje*, *te sienta bien el carmesí en las flores*. Apenas un minuto de conversación banal, sin tensiones ni aspersiones, directa y adiós.

Mas esa noche había triunfado. Dos horas de atención plena como aquellos días en que con voz ronca recitaba en el bar lo de *Puedo escribir los versos más tristes esta noche…*con su cabellera rubia y el rímel acentuando sus ojos penetrantes de pintor surrealista.

De camino a casa, entró al callejón pedregoso jugando con el sonido de sus pasos, *tic-tac-toc*, *tic-tac-toc*. Sonríe para sus adentros. Lleva chaqueta lavada de rayas imperceptibles para la noche. Un farol esquinero lo alumbraba desde arriba, *tic-tac-toc, tic-tac-toc*. Silba algo o eso parece. Sus zapatos fueron nuevos hace un año. Camina despacio, manos en los bolsillos, *tic-tac-toc*, *tic-tac-toc*. Las piedras relucen, húmedas de lluvia. Celebra el triunfo de sus palabras: —Es imposible que la línea de contornos sucediera a la mancha… —La señora de Calvo y el señor Rubio le miraron asombrados. ¡Tanta enjundia! ¡Qué maravilla de elocuencia! La historia fue bien contada, la sala se quería caer en aplausos, la noche pintaba mejor que un Velázquez.

A lo lejos dos novios forman un todo de negro: brazos en alto, piernas que bailan. De repente, dos pasos más de cerca, el cuadro ya no era de fiesta, las figuras no eran el contraluz de una danza de bodas. Hubo gritos. Seguro que fueron gritos, diría la desdentada Inés varios días después. Levantó las manos y aceleró su paso. Al final del callejón, las luces de los balcones estaban apagadas. Hubo gritos. Sí, señoría, hubo gritos.

Avanzó con furia, mientras las bombas caían sobre las murallas indefensas y las quemaduras ardían sobre la carne carbonizada. Los niños huían de sus juegos callejeros, buscando a sus padres. Las viejas se arrodillaban implorando la salvación de sus muertos. Los ancianos derrumbaban sus trebejos volteando las mesas de piedra. Las mujeres no podían apagar sus gritos en la huida. Los hombres se estrujaban los ojos hasta la sangre. Entonces, comenzó la guerra. Blandió la espada al aire como un Orlando furioso, maldiciendo a los *medoros*, cobardes, traidores, ladrones de doncellas.

—Y desperté ante las luces de colores y los gritos. Me gritaban a mí haciendo gestos: ¡las manos, levante las manos, déjeme ver sus manos! Pero mis manos no estaban; o al menos, no las sentía ni las miraba. Estaban repetidas en rojo decenas de veces en el muro que estaba a mi lado. Manos, palmas de manos, dedos en abanico en las palmas de mis manos. Absurdas todas, muchas, verticales, en cadena como pasos, formando figuras innombrables. Rojas de cochinilla embriagada y esparcidas, señalando, apuntando, extendiéndose hacia el cielo, como huellas de pájaros errantes, bandadas de pájaros en la arena del cemento. Eran las manos de mi propia cueva, la cueva que tanto miré y construí a mi gusto, para mi Wanda, para mi Rolando, para mi Ale. Recordé entonces los gritos, los míos, los de ella. Vi la mirada de él, medio asombrada, medio cínica. No. Dije no. Creo que grité no. Ya ni recuerdo. Pero no entendía lo que había a mi alrededor. Ella lloraba lo mismo que reía. El amor es así de insensato. Él le gritaba a ella o a mí, porque no sabía yo quien era en ese momento. A veces era yo él, a veces me desprendía para ser otro que se miraba a sí mismo como un espíritu mal habido, paseando por la tierra. A veces yo era ella y ella era yo, con mis manos ensangrentadas agarradas al vientre vacío de simiente. La rabia me acaloró el rostro, no lo niego. Recordé la furia que sentí antes por él o por ella. Ya no sabía de nada. Ella era él y él era ella. Él, con sus largos cabellos agrupados como un nido de cigüeña, con la boca embarrada de su pintalabios de esmeralda. Ella, con la incipiente barba recortada a cinco milímetros, con el pelo rapado a media pulgada. Ambos abrazados de muerte.

» No pude, no podía permitirlo. Y vi su mano agarrándola al cuello. Y me vi a mí mismo tirándolos a ambos. No, dije o grité. Porque tal vez él era quien más la quiso en este mundo. Porque tal vez en toda esta confusión yo era él que la jaloneaba y le gritaba imprecaciones irrepetibles. Y nuevamente era yo el zarandeado, era yo el que gritaba y lloraba. Era yo, Marco Aurelio Salinas de la Fuente, el matador y la presa, blandiendo la navaja toledana de feria. Los tomé del cuello a ambos, o sólo a él. Porque estaba defendiéndola. Sí, entonces sí. La alejaba de ese amor impuro que no era el mío, que la forzaba a ser quien no era. De ese amor de unos cuántos piquetitos y sangre coagulada. Y hasta vi su cabeza de caballo rodando hacia mis pies.

» Él la amaba como un dios. Cinceló sus mandamientos a su pecho y la convirtió en estatua de sal frente a la herejía. Ella era su imagen, su semejante, mientras le declaraba el infierno por alejarse.

» Y cuando los miré nuevamente, los vi a ambos recostados en el muro, sentados en el suelo, bañados de luz y de sangre. Parecían estar descansando. Sí, estaban descansando, contraídos los cuerpos en un tiempo infinito. Le juro que tenían sus ojos entreabiertos y sus labios anunciaban una media sonrisa, como el que se sabe feliz para siempre. Entonces, caí en cuenta y nuevamente escuché las voces, los gritos, las sirenas:

—¡Las manos, quiero ver sus manos, arriba las manos!

# Miércoles, día de visitas

—Todo por la nimiedad de 99 dólares mensuales. En cinco años tendrá el paquete *Silver* que incluye ataúd de nogal con agarraderas talladas a mano, cubre-ataúd de 25 rosas, velatorio de un día, ceremonia religiosa o laica —cada vez se mueren más ateos aunque usted no lo crea—, el obituario de un cuarto de página y los 150 recordatorios funerarios. El contenido lo puede decidir ahora. Es nuestro plan de más éxito. Claro que podemos ajustarnos a cambios hasta el último pago. Pues, como dice el dicho, uno propone y Dios dispone. La paz mental ante todo. Sus hijos se lo agradecerán.

Tras esa arenga que recito de memoria, las miradas se cargan de una tristeza inmensa. Inmensa digo, porque me lucen —a capricho—

muy extensas, de un color cenizo, calladas y resignadas, esperando ese día en que se pierde todo contacto, al no saber nada más de los seres queridos, del nieto que se gradúa, de la sobrina embarazada de gemelos, del primer viaje a Europa de los hijos. Los párpados se apagan, se extienden sobre los ojos, como un peso cada vez mayor que se detendrá sólo cuando se cierren para siempre. Entonces el reloj se detiene en el momento más impertinente, cuando ya vas tarde a la cita.

En estos tiempos hay que aceptar que todo está a la venta, aunque no todo se vende. El concierto número dos para piano y orquesta de *Rachmaninoff*, por ejemplo. Por eso no se expone en las vitrinas. Hay que *subsidiarlo*. O sea, que el gobierno, o algún compasivo mecenas, lo pagará del todo o en parte para que el mercado no sea sólo de frutas y verduras, arroz o pan, muebles sin armar y enseres domésticos, automóviles y condominios. Así se pervierte la demanda real de lo que decidimos todos, pero qué le vamos a hacer, la fatal arrogancia nos gobierna. Además, al menos yo, no me quejo: soy de los beneficiados. Hoy ponen el concierto en la radio, temprano, demasiado temprano, pero no puedo perdérmelo. Qué te puedo decir, soy un anticuado.

Sí, la gente se muere. Ese es un mercado inevitable, al que tendrás que ir tarde o temprano. Tal vez el único inevitable. Corrijo, también lo es el mercado de la comida. Pero de ese mercado apenas participo. Soy más bien de muy flaca compostura. El flaco Ernesto me llamaban de chico. ¡Te vas a morir, si no comes!, me gritaba mi abuela un día sí y otro también. Y ya vez, gracias al inframundo yo vivo. A veces hay complicaciones: la salud empeora, la juventud vive a la carrera a cien millas por hora, el trabajador no sabe usar la herramienta porque se levantó tarde el día del entrenamiento, el avión se desploma por la huelga de mecánicos. Y los coge a todos sin un plan, sin preparación, ni ahorros. Ponen entonces las manos a la cabeza y exclaman: me he muerto y no me lo esperaba hoy que era el cumpleaños de los nietos. Su familia, su amante, su madre o el primo tercero que vive en Singapur vienen a recoger el resto, sin nada más que un cuerpo inerte, pues ya ves, si queda algo se lo llevará algún funcionario muy avispado con la redistribución.

Ya ante lo inevitable, los preparativos se hacen a la carrera, la caja del pino más barato, las flores que sobran de la cuaresma o el día de la madre, una estampita genérica a la que le pones el nombre del querido, sin más. Es ahí cuando surgen las confusiones y se le canta una misa al rabino, se le presenta el ministro al más papista o se alaba al Dios de todos los muertos ante el cuerpo presente —sin alma— del rey de los ateos.

De ahí, que la prudencia sea mi *motto*. Precaver no cuesta nada, o muy poco, aunque al final nunca te enteres en qué termina la película. Sales de escena, dejas todo listo y los demás continúan con su parla, su caminar errante, su rutina de domingo. Pronto, se olvidarán de ti, del sonido de tu voz y de esa manera de comenzar una conversación o de tu bebida favorita.

Así es como pienso. Esa es mi doctrina. A veces las cosas marchan según lo previsto y a veces no. Desde que todos en la funeraria tenemos el *índice* no me doy abasto para mantenerme cerca de los setenta. Hubo un mes en que anduve sobre ochenta, pero luego vino el verano y todo el mundo se fue de vacaciones. Los que murieron lo hicieron en otros lugares. Al menos acá yo apenas vi alguno. Esos meses mi *índice de valor* rondó los sesenta, poco más. Y eso no se ve bien. La gente comienza a mirarte como a un infectado o alguien que ofrece mucho, pero aporta poco. Lo intenté todo, hasta cambié de traje para no verme tan opaco y no asustar a los clientes. Sí, cambié la vieja chaqueta gris, por una de un colorcito marrón tirando a barro. No sé, me pareció adecuado ese color terreno, si se me permite la ironía. Casi dejé un par de suelas para que mi *índice de valor productivo* recuperara los setenta. Pero lo dice el dicho, *el que no aprende de la historia, está condenado a repetirla*, y ya en varias ocasiones mi IVP ha pasado por iguales sustos.

Por eso, por todo eso, a nadie le puede extrañar lo de Gladys. Fue un poco la desesperación, aunque al final, era la ansiedad o la ilusión lo que me dominó hasta los huesos. Cuántas veces se tuercen las cosas más derechas, como un olivo maduro, y termina todo bajo un manto nuevo, con secreto oculto, con la gracia de un gesto inesperado que, no obstante, se desea. Fue una visita igual que todas, sin pretensiones más allá del contrato prepagado, sin intereses, con cómodas cuotas.

Doña Eulalia estaba en casa con visita.

—Ay mi'jo, te estaba esperando. Mira que intenté eso de pagar por el bendito interné y yo no entiendo de eso. Mi nieta está en México, visitando a sus primos. Ella es la que sabe de esas cosas —me decía mientras me permitía entrar a la penumbra aromatizada de una salita atiborrada de figuras de animales. O, sí, ya me enteré, le comenté limpiándome los zapatos en el felpudo de cara de perro de su entrada. Me dije, qué extraño que doña Eulalia no ha pagado aún este mes, mientras se me aclaraban los ojos y se aparecía esa figura humana, muy humana, sentada en el sillón de esparto, reliquia familiar.

—Ella es Gladys, una amiga de la infancia. Creo que te la mencioné la vez pasada. Vive a dos calles de aquí desde hace más de 5 años y apenas nos reencontramos hace un mes.

—Saludos, señora. Ernesto Gracia, a sus órdenes.

Ella me miró, un tanto sorprendida, como una niña a la que cogen desprevenida haciendo travesuras. Me respondió con el *mucho gusto* de todo el mundo, con un gesto de cabeza leve, que arrojó por su frente un mechón gris de su cabello.

—Ernesto es el de la funeraria. Creo que te comenté. ¿Te tomas un cafecito, mi'jo?

Así son muchas de mis visitas. Estoy acostumbrado a ser el hijo de todos mis clientes. Otros me tratan de muchacho, aunque ya paso de los cuarenta, con divorcio incluido. Esa tarde no hubo mayores incidencias. Creo que fue un miércoles, de hace ya mucho tiempo. ¿Un año y medio tal vez?

La señora Gladys, dijo que se llamaba. Tenía unos ojos negrísimos con un punto de luz amarilla justo en medio de la imperceptible pupila. Eran unos ojos que te miraban tersamente, se cerraban un segundo para luego abrirse, mirando hacia otro lado. Tal vez fue la sombra de la habitación la que me engaño la vista. Su cabello iba recogido en una cola de caballo domesticado, que terminaba en punta de pincel. Largo, un poco más allá de los hombros. Y creo que eso debió sorprenderme. A su edad pocas mujeres quieren el cabello más allá del cuello. Les da pereza tener que cepillarse todos los días las largas greñas grises o gastarse un dineral en *Clairol*.

Una amiga de la infancia, dijo. Doña Eulalia había salido de Santa Clara a sus dieciocho por el 60 o algo así. Salieron con lo poco que escondieron o les dejaron. Sus padres y los de Gladys había sido socios en un pequeño bufete, *Ramos y Guilarte, abogados laborales*. Gladys era un año menor. Luego de una pequeña estancia por EE. UU. llegaron acá, buscando el calorcito, el salitre de las playas y el idioma. Ya acá, se separaron. Bastó un malentendido con las cuentas pendientes para que las dos niñas perdieran el contacto. Fue imposible simular la concordia de los socios, cuando el dinero estaba de por medio.

Eso fue todo lo que supe de ella ese día. Si hubo algo más, me lo callo. No tiene importancia ya. Sí te digo que la imagen de Gladys no se me borró de la memoria. Creo que fue ese mismo día que soñé con ella. Iba con un vestido de gasa, rosado o magenta, con un talle apretado y una falda voladora que se movía al viento de una brisa marina, más inquieta de lo usual. Daba vueltas y saltos, como si aún tuviese diecisiete. Un cisne audaz que escapaba de la muerte.

Ese año yo había comenzado con el pie izquierdo. Desde enero, había perdido diez puntos del IVP. Las ventas no me iban ni bien ni mal. Simplemente no me iban. Ya no era tan convincente para cerrar los contratos, o quizá anduve muy distraído, con otras cosas en la cabeza. Pero lo cierto es que me pasó de todo. Te podría dar decenas de ejemplos para convencerte. Escucha, estuve así de cerca para cerrar lo de doña Carmena. La pobre ya apenas veía por la glaucoma. Pero, cuando íbamos para la firma, se negó. Dizque no podía leer apenas; dizque había perdido sus espejuelos; dizque le leyera las letras pequeñas. Yo me esmeré como en mis mejores tiempos y le leí hasta las letras mínimas de todos los anejos, pero no bastó. Dijo, regresa más tarde, y ya no volvió a abrirme más la puerta. Prefiere que la cremen, dijo; que eso sale más barato en la otra funeraria. La pobre se murió al mes. Por eso hay que firmarlos cuando aún están robustos, con pocos achaques, digo yo, aunque suene cruel.

Por eso, te repito, que nadie me puede juzgar mal por lo sucedido. Mis intenciones siempre fueron totalmente honestas.

El día de la primera visita tenía todo preparado. Hasta estrenaba corbata de color de la lavanda.

—Se lo dije Gladys. Si me permite tutearla. Estamos en confianza. Cómo le dije en lo de doña Eulalia. Usted se merece el paquete *Gold*. Es el más completo y el más flexible en los pagos.

Unos minutos antes, ella me había abierto la puerta. Vestía con una fragante blusa crema —seda o algodón ligero, soy buen observador— y una falda de lana, con unas líneas muy leves que se cruzaban para formar unos cuadraditos asimétricos azules, anaranjados. Con este calor, me dije. Pero ella estaba fresca como una flor, por así decirlo. Con «un pase usted» me dejó adentrarme en una salita de luz tenue inundada de una *Piaf* lastimera, suplicando amores: *tu es ma joie et mon soleil, ma nuit, mes jours, mes aubes claires…*

—La Piaf, sensacional. Ya me figuraba su gran gusto —le comenté para romper de inmediato el hielo; trucos de prestidigitador para distraer al cliente mientras se baraja el mazo de cartas.

—Es una de mis favoritas. Me trae recuerdos de hace miles de años —dijo con la gracia de disimular su verdadera edad con una sonrisa leve tras su mano derecha—. Mi padre nos llevó a verla a París. Creo que fue a mediados del cincuenta. El regalo de los quince de mi hermana mayor. No recuerdo en qué teatro la vimos, pero, sí que me dejó muy impresionada. Era un pajarito, pequeñísima y pizpireta. Su cuerpo cabría en una caja de zapatos y su voz temblaba como si le estuvieran retorciendo el cuerpo de dolor. Eso sí, te paraba los pelos en punta y te sacaba las lágrimas en contra de tu voluntad.

—Ha viajado mucho, usted —le comenté porque son las cosas que en mi profesión se dicen para mostrar empatía, para que el cliente se explaye en contar todas sus anécdotas, desde el día en que nació o antes. Así supe de sus abuelos. El abuelo Vasyl, «el hombre más valiente que he conocido», quien tramó la huida de toda la familia a mediados de los veinte del pasado siglo para terminar en una isla solariega, cuyo idioma apenas conocía, sino por sus relaciones con su socio de América, don Santiago Guilarte, su otro abuelo cubano.

—Fueron tiempos difíciles. Era el año 1925, mucho antes de yo nacer —dijo aclarando con énfasis con su índice izquierdo—. Papa Vasyl se marchó a Moscú con mi tío Pavlo, que tendría ocho o nueve años. En Kiev fue un comerciante respetado, pero lo perdió todo y apenas podía sostener a la familia. ¿Conoce usted del ajedrez? —y me miró apuntando al tablero con los trebejos en la posición inicial sobre una mesilla pequeña en un rincón del salón.

—Hace un tiempo que no juego. Tuve un amigo. Ale, le llamábamos. Murió hace un tiempo ya. Uno se da cuenta que le pierde el gusto a las cosas, o que las hacía sólo para estar con alguien querido —y lo dije sinceramente, pues con el tiempo va desarrollando uno sus pequeñas doctrinas.

—Tiene usted toda la razón. Papa Vasyl lo anticipaba todo. Estuvo unos años preparando el camino. Había perdido mucho y apenas podía trabajar sin el acoso de todos los días. En Moscú se jugaba un torneo que volvió loco a todo el mundo. La gente perseguía a los jugadores como a las estrellas de cine. Allí logró ver al señor Capablanca, que conocerá usted. No conozco todos los detalles, pero a los pocos meses papa Vasyl recogió todo lo que pudo, que fue casi nada, y atravesó Europa para España con mi abuela Irina, Pavlo mi tío y mi madre. Olena era mi madre. Después de estar unos meses en Barcelona, se embarcaron en Cádiz para Cuba. Mamá era una niña. Fíjate que el barco que los trajo era de los Guilarte. Así fue que una eslava ucraniana, que apenas sabía saludar en español, terminaría prendada de un moreno, alto y guapísimo, gran bailarín, mi padre. Las vueltas que da la vida —y miraba a la pared, donde tenía colgada la *bandura*, el retrato del abuelo y del barco que los trajo, casi escondidos entre fardos de mercancía española y aromas de sal marina.

—Vaya una odisea —y me preparaba el escenario ordenando mis papeles y los últimos programas de los planes de pago, la variedad de opciones para las agarraderas de los ataúdes y el surtido de urnas, por si se complicaba el asunto.

—Gracias a eso está usted aquí —dijo con una sonrisa—. No le dejaré ningún problema a mi sobrina. Hay que anticiparse a todo. ¿Café o té?

Y fue por esas cosas de la vida, una encrucijada inesperada, un recuerdo en común, o una afinidad insólita, esotérica dirían hoy, que comenzó a construirse el puente entre ambos. Ese día me esforcé mucho. Le puse sobre la mesa todas las opciones.

Te juro que nada fue intencional. Una palabra de aliento llevó al elogio velado, a la sonrisa suave y directa a los ojos. La necesidad es la madre de los ingenios. Yo nunca he sido un adulador ni menos un *Don Juan*. En todo caso, no paso de ser un *Don Quijote*, sin escudo, con la lanza partida, y sin el señor *Panza*. Las malas lenguas dijeron que le hacía la corte a una vieja con tal de venderle un *Gold*. Sí, esas malas lenguas de la competencia que creen que todo el mundo es como ellos, sin escrúpulos ni corazón.

Tal vez, hubo algo de razón en ello al principio, muy al principio. Gladys fue un cliente duro de convencer. La primera visita fue apenas un calentamiento para la batalla.

—Déjame los papeles en la mesa. Luego te diré lo que pienso —me espetó luego de mi mayor esfuerzo.

—Qué tienes que pensar —le inquirí como un amante desesperado que, luego de construirle castillos en el aire, tratara de convencerla de su devoción eterna. Ella replicó sin inmutarse.

—Bueno, si tienes prisa, lo siento. Lamento haberte hecho perder el tiempo —dijo casi en susurro y con toda la calma del mundo, acompañada la frase de una sonrisa de disculpas y un final estridente de alguna mazurca, *chan-chan-chaaan*.

—No, no. Sin prisas. Tómese el tiempo que quiera —dije de inmediato, regresando al usted, para evitar que el pájaro se fuese volando.

A recoger velas que hay que esperar, pensé mientras daba el último sorbo a mi café, antes de despedirme.

Pero no pude contenerme. Luego se repitieron otras visitas. La segunda vez, fue para aclarar unos puntos menores, el color de las estampas, el barniz de la caja de cedro, el pago a plazos sin intereses. Fue entonces que caí en cuenta.

—Le gusta Warhol —afirmé, mientras bajaba mi taza de café y ella abría todo lo que era capaz sus pequeños ojos.

—Ah, lo dice usted por el *Marilyn*. Es una réplica excelente. Me la trajo mi sobrina de Nueva York, hace ya muchos años, cuando estudiaba allí. Raro ¿no? ¿Cómo será posible que ese rostro magenta pueda ser tan hermoso como el rostro real con su color de carne? ¿Sabe también de arte, usted? —Y me miró como el que descubre por sorpresa que el helado de pistacho no es peor que el de chocolate.

—Bueno, es que del amor al arte no se vive. Ya ve usted. La vida te da unas vueltas —le dije, enredándome en las explicaciones.

—Dígamelo a mí. ¿Se imagina usted que yo era una de las preferidas de Alicia? Pero la política a veces se cierra y da muy pocas opciones. En el cuarto tengo uno más pequeño. Luego se lo muestro.

Todo fluyó sin que yo pudiese contenerlo. Al principio, fueron los miércoles en la tarde. Un café de dos a tres. Luego, ya pasaba algunos domingos, sin mi maleta de trabajo y en mangas de camisa. Así se sucedieron las galletas de manteca de mi tía Altagracia, el brazo de gitano con la receta de la abuela, los palitos de Jacob, *Los aromas de Santa Clara*, que llegaron ocultos en la maleta de su hermana desde Toledo.

—Es una delicia. ¿Te hablé ya de mi hermana? Me lo trajo a escondidas la última vez que vino a visitarme. Demasiado devota, se encerró en un convento de Toledo desde el setenta, pero nunca se divorció ni hizo los votos. Su marido se quedó en Miami con una corista de la compañía. Pasó a mejor vida hace dos años. No pude devolverle la visita. Así que este es el último. Debes sentirte honrado y beberte hasta la última gota.

—No diga usted eso. Guárdelo para mejores ocasiones, que no faltarán.

—Déjate de tonterías. Mañana puede que ni abra los ojos. ¿Trajiste los papeles? —Y los firmó sin cuestionar. El paquete *Gold* con unas mejoras por la casa. El trabajo estaba hecho. Mi IVP recuperaba 20 puntos.

Aunque crean que miento, eso ya no importaba. A veces era su falda plisada, o su voz cristalina de pecho, a la que los gritos de las discípulas no dañaron. Una perla en su oreja, las zapatillas de cordón cruzado sobre su tobillo, o su risa inesperada tras su mano que ocultaba sus dientes intactos.

Las cosas están ahí para mirarlas, para escucharlas y olerlas. Y esas estaban ahí llamándome a gritos para contemplarlas. Los miércoles a mediodía, ya sentía la inquietud, el cosquilleo en el estómago. Entonces comenzaron los rumores.

—Cuidado, ahí va Ernestito. Es miércoles, hay que mandarlo lejos hoy.

—Míralo, otra vez con su arenga sobre la influencia de los colores de las estampitas en la duración del periodo de luto.

—¿Que hoy es miércoles y no estrenas corbata? —y cosas así por el estilo.

Lo cierto es que no tuve confidente. No tuve un hombro sobre el qué recostarme para arrullarme en la pena de vivir en el tiempo equivocado. Hablo mucho a veces, pero digo poco. Soy prudente, ya lo sabes. Pero es imposible ocultar las visitas innecesarias cuando ya el contrato está firmado y los plazos llegan puntalmente, mes a mes.

Nunca negué que hacía más de seis meses de mi última amiga. Una inquietante sombra de muertos me rodeaba, llegó a decirme. Y hasta el olor al formaldehído me sintió alguna vez. Yo le dije, le juré por todos mis muertos, que yo no los tocaba, que nunca los he visto en la sala de preparación donde el buen Paquito los reconstruye mientras los vacía y los maquilla para su última escena. Es imposible que huela a muerto, aunque los reconozco a todos con sus nombres y apellidos. Se vuelven como de la familia y los lloras calladamente a los más, dolorosamente y a gritos, los menos.

Creo que todos venimos al mundo con nuestra libreta de cuotas. Cuántos sueños tendrás, cuántas amantes follarás, cuántos días de vacaciones disfrutarás (incluidas las fracturas por no saber esquiar, o los esguinces de tobillo por girar malamente en el baloncesto), cuántos hijos, propios y putativos, cuántos muertos, cuántos zapatos, cuántos deseos... Hay que cumplir con la cuota.

Pero, aparentemente, yo había consumido todas las cuotas. Tenía la valija vacía, el carro vacío, la casa vacía. Nada por semanas. El ambiente no estaba para compras ni para ventas. Por suerte o por desgracia, nada es eterno.

Por esto nadie podría dudar que cuando Gladys me habló de su estado, me desgarré un poco.

—Hay que cascar la nuez, Ernesto.

—Y yo que siempre he sido un cascanueces torcido —le repliqué para subirle el ánimo.

—No digas tonterías. Si vas a hablar de ese modo no regreses. Estás a medio camino y aún te queda el último acto. El *pas de deux*, como el boxeo, necesita de dos.

—No me digas eso, que ya tengo roto el corazón.

Esa tarde me permitió la delicadeza —muy ajena a su carácter— de tomarle la mano en silencio, mientras pasaba la luz de la ventana por nuestros rostros, una luz de horizontes cortados, de celosía entreabierta, que se doraba por minutos. Un caleidoscopio de despedida. Al salir, me regaló su beso en la frente. Has sido muy bueno conmigo, y cerró la puerta.

Es muy difícil recordar con el estómago vacío. Aún es muy temprano para el concierto, pero por alguna razón no dejo de escuchar esa sucesión de notas, ese piano de carrillones de viento, de una melodía sostenida sobre la orquesta, que pierde el duelo y se rinde. El sonido se recuesta confortable, apoyado, sin hueco para el silencio. *Rachmaninov* o *Rachmaninoff*. Hay garantía para el descanso eterno, podría decir hoy.

Al fin abro los ojos. El sol aclaró el cielo, pero yo no lo veo. Estoy al otro lado. O mejor, la habitación está al otro lado de donde espero salga el sol. Mi occidente es una gran penumbra, tibia un poco, ahora que es temprano. En la tarde, la habitación estará ardiente, húmeda, como cuando llego harto, apenas acostado el sol, con la valija casi vacía y unas pocas papeletas de los intentos del día.

El tiempo, dicen, es la cadena de acciones sucesivas. Es una ilusión porque lo que realmente existe es ese suceder de tus latidos, tu respiración, tu escozor, tu andar y tus ojos contemplando cómo se desvanece todo para volver a ser. Con el paso del tiempo, llegó lo que esperaba. Sus manos le temblaban más de lo habitual, muy distintas a las que conocí el primer día que estuve en su sala maravillado por la *Marilyn* confundida con la foto de sus padres, la niña que fue sobre el caballo blanco, las hermanas en la playa valenciana, el hermano perdido en un accidente antes de sus veinte.

Ya se habían desvanecidos un poco su cuello largo de cisne apacible, sus hombros de Samotracia, el caminar grácil de bailarina equilibrada y pantorrilla firme.

—Cuando te vayas, te lo llevas. Disculpa que no te lo envuelva —me dijo un día, casi en un susurro y mirando a la *Marilyn*.

En algún momento me cansaré de recordar y salir de esta cueva. El ascensor estará dañado aún, pienso. No me vendrá mal el ejercicio. Pocas veces tenemos tres velatorios al mismo tiempo. Este barrio es pequeño y la competencia es implacable. Parece que huele los cadáveres. Por eso hoy me tomaré todo el tiempo del mundo. La noche de anoche fue muy dura.

Miro a mi lado izquierdo. *Marilyn* está hoy demasiado contenta. Me sonríe hoy como si hubiese pasado mejor que yo la noche. Las imitaciones son a veces tan puras como la realidad misma. Es que no todo está en la sustancia. Hay algo más que trasciende. Eso le digo de entrada a todo el mundo. «No deje por ahí su alma penando. Sus hijos lo agradecerán». Algunos firman, otros no. Con tan buenos plazos, tendrás una fiesta de despedida en menos de tres años. Para eso estamos.

Pero todo es mentira. Las cenizas no te guardan; el roble más noble no te retiene. Si tuviste suerte, estarás tatuado en la memoria de otro.

Ya al final no me dejó verla. Doña Eulalia me daba noticias de ella.

—Se ve como un pajarito. Te manda besitos y que te portes bien.

—¿Le llevó los dulces que le envié? Mi tía Altagracia los hizo especialmente para ella. Eso nunca se rechaza.

—Sí, ya. Debes olvidarte del caso. Te hará más daño a ti que a ella, mi'jo.

El desconsuelo se me mezcló con cierto regocijo de que al menos leería mi nota. Yo soy, como se sabe, muy hablador, pero para ciertas cosas. Las otras me las callo hasta que estallan el día menos esperado y frente al receptor equivocado. Pero esta vez no. Gladys habrá leído mi nota.

El concierto en la radio no resultó tan bien como esperaba. Algo faltó, la intensidad de los violines, la hondura de los *cellos*, los *ligatos* del piano. No sé.

Me vestí deprisa. Esta semana el negro se justifica plenamente. Fue su sobrina la que encontró y leyó mi nota. Aquella emprendedora muchacha que se fue a los *niuyores* para estudiar leyes y se entretuvo demasiado en los museos. Me respondió escuetamente con una fecha y una dirección.

Ya al salir tomé la nota: *Gladys Guilarte Rudenkova*, 22 de mayo, calle... Al llegar al hospicio, tuve que esperar unos minutos antes de entrar. Su sobrina me recibió con un apretón de manos:

—Los dejaré solos unos minutos. Sigue dormida. Gracias por todo —y se alejó discretamente, tras cerrar la habitación en penumbras. La tarde apenas comenzaba. El sol afuera atacaba con furia, aunque adentro el frío era implacable.

Ya solos, la vi recostada, sus ojos cerrados, su respiración leve le levantaba el pecho, su pelo dormía recogido, sin ese mechón voladizo que solía posarse en su frente mientras tenía voz y conciencia para explayarse con sus historias. Me entró de repente esa fragancia de lirios tan familiar.

Ya sin voluntad propia, recordé a la bailarina de dieciocho años, la favorita de Alicia, la muchacha delgada de cola de caballo rubia y ojos negrísimos. Se movía al compás de una polca juguetona dando vueltas y saltos sin parar. Le pedí que se detuviera, que ya no eran tiempos para eso. Le pedí que me esperara en la otra orilla, por si acaso recuperaba la fe y la otra orilla era algo digno de aguantarse.

Y la imaginé en puntas, girando como un carrusel infinito. Su cola de caballo volaba otra vez. Y me acerqué sin miedo, porque estábamos viviendo nuestro propio tiempo, en donde el espacio se comprime y lo que fue ayer será mañana. Porque Aladino vendría a rescatarme con su magia más certera para que mis brazos ya no estuviesen vacíos. No esta vez.

Estarían llenos de ella, de este último año en que la levedad de un disturbio, de una vibración inesperada, de esta luz azul que pintaré dorada, me impregnó de algo que ya había olvidado. Me besó en la frente con labios de seda. Me agarró en su vals juguetón de niños. Y ya no me importaban las diferencias, ni las burlas, ni el ocultarlo.

Era la felicidad, aunque fuese corta, era la felicidad.

# Tres jueves al año, relucen más que el sol

> *«Y ahora que estoy frente a ti*
> *parecemos, ya ves, dos extraños.*
> *Lección que por fin aprendí*
> *cómo cambian las cosas, los años.»*
> —R. Goyeneche

## El nacimiento

Vichnu vino a la casa un jueves, cumplidos ya los tres años. Era un niño cetrino, asustadizo y flaco. Su abuelo —su nuevo abuelo— lo miró, le mostró los dientes y le dijo:

—¡Venga nieto, si eres todo un marajá!

Ese fue el primer día en el que Vichnu sintió el calor de los viejos. Y le gustó tanto que no quiso alejarse de ese aroma de mentón recién afeitado, de sándalo, clavo y pacholí.

El abuelo ya le tenía el regalo listo: una cámara oscura de plástico con unos discos que mostraban tras el visor, las imágenes de la luna, las serpientes y los palacios del Loira.

Vichnu fue un accidente. Su nueva madre no tuvo nunca la intención de traerse de tan lejos a un niño. Pero estuvo en el lugar adecuado, en el momento adecuado. Luego de vivir solos por diez años se cansó de la soledad de su voz y la de su marido y *¡eureka!*

—Vamos a adoptar un niño —le dijo al marido que, siempre complaciente y adorador de su dama, apartó la plumilla húmeda de su dibujo y confirmó la decisión:

—Sí, eso es. Claro, querida.

El asunto se zanjó en pocos meses. Un jueves de un verano inusualmente caluroso, le entregaron al niño. Como llamarlo José o Miguel parecía incoherente, decidieron dejarle su nombre —que no de pila—, el que una madre moribunda le había dejado anotado en sus pañales hacía tres años: Vichnu.

Así fue como Vichnu vino al mundo y conoció a su abuelo.

## La lengua materna

Como era apenas un niño muy nuevo, Vichnu sólo decía algunas frases en *hindi* y en un castellano ibérico de carmelita descalzo, gracias a los monjes que lo acogieron en sus primeros años. Por tener unos oídos prodigiosos aprendió de inmediato a decir *mamá, papá* y *'buelo'* como cualquier niño de su edad, además de casi todas las palabras y verbos emparentados a la comida. El *'buelo'* tomó el cargo de educarlo en sus primeras letras como un reto personal. Educar niños no fue lo suyo, por lo que esta sería una cuarta oportunidad.

El abuelo había perdido su acento argentino hacía décadas. Nunca decía *gil*, ni *fiaca, ni che*, y menos aún *pibe* o *pebeta*, excepto los domingos, cuando se encontraba con viejos amigos que habían llegado como él, de grumetes sin estómago, y tuvieron que plantarse y echar raíces en tierras caribeñas. Tampoco *voceaba* como había escuchado Vichnu que hacían los porteños de pura cepa en las películas viejas o modernas.

El Caribe le había sentado bien al abuelo. Decía *bizcocho*, pues los *pasteles* se hacen de plátano o yuca, sobre todo en tiempos de Navidad. No decía *chuvia*, ni *chorar*. Pero sí, *carro, computadora, apartamento* y *ascensor*. No era un purista y seguía las mismas reglas que cualquier hijo de vecino, por respeto a la convención. Se había desprendido de la exigua y casi traslúcida «*d*» entre vocales, y decía *pescao, asustao, fastidiao* y *jodío*, sin temor ni vergüenza. Eso sí, se reservaba muchas palabras frente a Vichnu para no llenarle la cabeza de soeces antes que de beldades. Por eso, parte de sus lecciones era nombrar las flores y los animales, que se animaban con verbos tan inquietos e imposibles como fábulas.

—Ya tendrá años para enterarse de lo perverso —era su pacto pedagógico con el nieto.

Sus hijos tampoco guardaron el acento que les contagió y que fueron perdiendo ya en la pubertad. Por eso, para Vichnu el abuelo se transformaba en otro cuando hablaba por teléfono a larga distancia, con algún primo lejano que había quedado allá en su Buenos Aires o en Córdoba, o cuando a pleno pulmón desafinaba un tango de barrio en un lunfardo agudísimo y tristón.

## Los tres tíos

Vichnu tenía tres tíos. Su madre era la única niña de los cuatro hijos de su abuelo. A ellos los conoció uno a uno, pues vivían lejos y las excusas para un encuentro general eran infinitas.

El menor, había heredado la profesión del abuelo y ahora se encargaba de *sus negocios*, como suelen decir los mayores para mentar frente a los inocentes lo que no se quiere explicar en detalles. Cuando conoció a Vichnu le entregó una gran bola de cristal, llena de agua, arena y un castillo en miniatura. Le dijo que ese castillo era mágico —de la gran India— que se erigió en memoria de un amor que rebasó la muerte. Antes de ponérselo en sus manos, la madre de Vichnu le interrumpió:

—¿No podías pensar en otra cosa? —pronunciando cada sílaba por separado y mostrando los dientes en una sonrisa petrificada que pretendía disimular su asombro.

—Qué quieres, así ya comienza a perderle el miedo a la muerte y no se olvida de sus orígenes. Será invencible, ¿verdad Vichnu?

A Vichnu le gustaba ese regalo. Miraba la gran bola de cristal con el líquido encerrado que a la luz de colores se mostraba amarillo, malva o blanco, bajo una lluvia de piedras pulverizadas como nieve.

El tío mayor de Vichnu vivía en una cabaña de bosque en un país no tan lejano. Se había desprendido de la civilización apenas cumplidos los veinte. Usaba el pelo rapado, pero una larga barba. Según decía su abuelo —con una mezcla de tristeza y admiración— había construido con sus propias manos toda la cabaña, sus sillas y sus mesas, sus cubiertos y hasta las lámparas de queroseno que le alumbraban de noche las hojas de sus pesadas lecturas. Los libros y la ropa eran lo poco que había conservado de la civilización. Cuando en un otoño se atrevió a subir en el pájaro de acero que lo llevó a su lugar de nacimiento, fue por la ineludible necesidad de conocer a Vichnu, el hijo de su hermanita.

En sus manos traía una pequeña espada curva de madera. La madre de Vichnu, espantada, con ojos inmensos, tomó la espadilla antes de que el niño entusiasmado se armara:

—¿No podías pensar en otra cosa? —acentuando cada palabra, con la sonrisa inmóvil apenas escondiendo su asombro.

—¿Cómo así? Será el niño del *talwar*, el San Martín de la cuadra —le aclaró el tío con la autoridad de saberse experto de las vueltas que da vida y la muerte.

Y así, fue. El *talwar* fue el protagonista de las guerras vecinales entre la pandilla de su calle contra los de la otra cuadra. Dio tajos horizontales y punzantes, liberó países y declaró repúblicas. Atravesó cordilleras y colgó airosa, tras varios años de buen servicio, en su percha de privilegio detrás de la puerta de su habitación en el apartamento de su abuelo.

El tío del medio era el hermano gemelo de su madre. Había sido un niño escuálido, que recibió cuidados exagerados que lo hicieron indeciso y engreído. Para cada decisión, miraba a su gemela esperando oír de sus labios la determinación certera, el pronunciamiento legal o el despliegue de palabras que todo lo solucionaban y definían. Era el doctor de la familia. Pero no curaba a nadie, sino que tenía por trabajo el pararse frente a auditorios de jóvenes desprendidos de sus familias que le escuchaban, entre interesados, exhaustos y hastiados, sus argumentos sabidos de memoria y refinados por los años de meditaciones y discusiones con café. Cuando vino a conocer a Vichnu, le trajo dulces y un libro de antiguos grabados. Vichnu lo abrió y lo hojeo un rato buscando sin encontrar, antes de voltearse hacia su madre. Su madre interpretó de inmediato esos ojitos preguntones que le inquirían cómo se juega con eso. Ella miró a su hermano como si se mirara al espejo:

—¿No podías pensar en otra cosa? —obligándolo a responder por él mismo mientras esperaba con su sonrisa codificada, cuyo sentido sólo él podría resolver.

—¿Cómo? A todos los nenes le gustan los dibujos. A ti te encantaba Doré también. Además se acordará de papá cuando lo mire.

Vichnu no encontraba al abuelo Orlando en esos dibujos. Y menos aún lo veía furioso como decía el título de la carátula de ese libro orlado en sus bordes de espirales áureas y tapas verde azules. Ya de mayor, solía figurarse al abuelo en su coraza brillante y lanza rota, derrumbando bosques, aullando entre lágrimas y vituperios por ese amor que perdió tras las palabras que no significan, tras las trampas de la vista y las voces que ruedan en la cabeza, como viejas barriendo el polvo de las visitas indeseables.

## Dulces sueños

Recién cumplidos los trece años, el abuelo tomó de los hombros a Vichnu:

—Dime ¿ya eres hombre?

Vichnu recordó la conversación que había tenido con el abuelo hacía ya muchos meses. El abuelo Orlando, quería que su nieto no se espantara con lo que le ocurriría pronto, alguna noche de sueños extraños. Vichnu pasaba casi todos los veranos de vacaciones con el abuelo. Era él su confidente y su guía, aunque siempre regresando a la seriedad que el cargo exige:

—Niño, así no se les responde a los mayores. Niño, salude con la mano. Niño siéntese derecho.

Vichnu nunca lo tomaba a mal, pues en cambio tenía plena libertad para decir cuanto quisiera, sin temor a represalias. La pregunta del abuelo no lo tomó desprevenido.

—No. Pero creo que estoy cerca.

Por varios meses, Vichnu había tenido gratos sueños, pero aún su cuerpo no respondía como él se imaginaba. Una vez aclaraba el día, miraba debajo de sus sábanas, tocaba sus calzoncillos de super héroe que amanecían más secos que el Sáhara.

—No hay que asustarse, es muy normal. A tus tíos le asustó mucho. Pensaban que algo se les rompía ahí abajo. El mayor, estuvo toda la mañana en la cama sin atreverse a mirarse pensando que estaba bañado en sangre. Por eso no quiero que te pase a ti. No dejes de avisarme.

Vichnu sería hombre ese mismo mes, tras largos y gratos sueños.

## La chica del segundo

Una tarde, cuando el abuelo calentaba la cena para ambos, vio que Vichnu coloreaba una foto en la mesa del comedor. Era la muchacha del segundo atravesando la plaza.

—Esa es la muchacha de abajo —dijo el abuelo—. ¿Ya la conoces? Lleva aquí poco tiempo.

—Caminaba dando pasos enormes y se me metió en la foto. En realidad yo retrataba a las palomas.

—Ten cuidado con eso. A algunas personas no les gusta que les tomen fotos, así desprevenidamente. Prefieren posar o nada. Se ve rara ahí —mientras la miraba por encima del hombro de Vichnu—. El viento le infla la falda como si fuera a volar.

—Ella no se dio cuenta.

—Y por qué la coloreas si es en blanco y negro.

—No sé. Creo que las piernas coloradas se le ven mejor —dijo convincentemente Vichnu, mojando su pincel en el rojo vegetal que ya nadie quiere en los bizcochos.

El abuelo conocía a la chica del segundo. Hacía unos meses que, por algún descuido, Marco —el cartero medio ciego— confundió el dos con el cinco y le dejó una carta de sobre cuadrado en su buzón: Srta. Verónica…Rosso…Universidad de…

Al instante no pareció notar nada, cuando de repente repitió para sí: Verónica...Rosso. Su dedo, que ya había aterrizado en el botón del ascensor, se quedó apretándolo por todos los segundos del tiempo, hasta que se abrieron las puertas. Los cuarenta segundos fueron suficientes para volver atrás a cada uno de los años, hasta el día en que ese apellido le arrastró a la culpa, al remordimiento y la añoranza más rancia.

—Sí, es Verónica, la muchacha del segundo —musitó para sí, tras confirmar ese perfil inconfundible.

## Paracaídas de colores

Don Orlando entró sin avisar y vio el cuerpo acostado ya en la mesa. Paco tenía los guantes puestos con su estuche de colores en la mano.

—Paco, trátame bien a Manolo, que fue mi vecino. El pobre llevaba una pena a rastras que casi podías verla y tocarla con las manos. Hace unos años, ¿te acuerdas?, cuando salí del oncólogo, el hijo de Olivetti, algún indiscreto regó la tontería de que me estaba muriendo por la próstata inflamada. No pasaron tres días de eso, si mal no recuerdo, que me encontré a Manolo en el portal del edificio. Chico, si vieras lo que fue aquello. Me abrazó fuertemente, me ofreció toda la ayuda del mundo, condolencias, perdones, estrechar de manos. Yo con lo pasmado que estaba, ni me atreví a contradecirle. Hasta le bromeé diciéndole que cuando tocara el tiempo le pediría esos pañuelos de colores tan vivos que usó su señora, que en paz descase. Él no me lo tomó a mal, pues me echó una sonrisa…de misericordia, pero sonrisa al fin.

—Se hará todo lo que se pueda, don Orlando.

—Sí, ya sé, ya sé. Te dejo, que el niño me está esperando afuera —dijo, próximo a la mesa, mientras miraba el rostro sereno de su vecino para darle un penúltimo adiós.

Afuera, Vichnu recordaba la caída lenta y ondulante de sus soldaditos de plomo que el buen señor del segundo había amarrado a los paracaídas más vistosos, de variados colores y figuras, en su juego de operación titánica de una inventada invasión a Normandía. Y recordó su risa abierta, franca y rosada desde su balcón, cada vez que Vichnu los atrapaba uno tras otro evitando que cayeran a la acera recién mojada y resbalosa como playa de guijarros.

## Un rey sin crucifijo

Al cumplir sus ocho años, el abuelo creyó que Vichnu estaba listo para entender el ajedrez. Importó un conjunto de piezas estilo *Zagreb*, porque el abuelo no era devoto ni tuvo nunca amiguitos imaginarios que jugaran al esconder. Como apenas sabía mover las piezas, eso fue todo lo que le enseñó al niño dejando el resto al viejo Ale.

Ale, era un hombre de una enorme paciencia. Por decir más, tuvo la prudencia de morirse sólo cuando el niño había aprendido unas cuantas aperturas y ejecutaba el mate de caballo y alfil solos en menos de treinta jugadas. Además de dinero, el abuelo solía contribuir con una botellita de *whisky* y un paquete de cigarrillos, que Ale escondía en su morral de inmediato.

Vichnu era un discípulo irregular. Prefería ir al encuentro en las tardes, cuando el calor era menor y el viento de la bahía subía fresco hasta las calles de la plaza. Estudiaba las posiciones con un peón girando entre sus dedos y mirando de vez en cuando a ese rostro cenizo y regordete, de ojos amarillos, que parecían verlo todo.

—Tienes que invadirme, tienes que invadirme —le repetía al niño para que lanzara todas sus piezas más allá de la quinta fila, destrozándolo todo a su paso y tomara la cabeza a ese rey ateo que no tenía crucifijo en su corona—. Tienes que ser más ambicioso, el que invade gana.

Años después, cuando Ale cayó rendido sobre su tablero de piedra favorito —su oficina— nadie fue capaz de sentarse por meses en esa mesa cubierta de nardos y gardenias cada mañana. El abuelo pidió permiso e hizo grabar una pequeña placa de latón con su rey de *Zagreb* coronado bajo su nombre completo. La placa amaneció discretamente un día designando a la mesa, en agradecimiento a todas las tardes y noches pasadas, donde nunca hubo engaño ni tregua, pero sí muchas derrotas y victorias, entre el humo del *Malboro* y el abrigo calientito del *Johnny Walker* contra los ataques a la bayoneta.

Vichnu, al poco tiempo, dejó de jugar al ajedrez. Cuando su abuelo le preguntaba, se excusaba diciendo que ya no tenía ningún rival de su agrado, o que prefería tomar fotos. En el fondo, sabía que pensar cuesta muchas calorías, voluntad y memoria. Había perdido a sus trece el espíritu guerrero y no podía distinguir, sin un mar de dudas, a una fortaleza de una debilidad. No era la *boa constrictor* de Kárpov, pero tampoco el arrojado amante del sacrificio a lo Kaspárov.

Solía deambular sin voluntad, en el presente eterno, y sin más registro propio que el de los fotones que penetraban por su lente hasta grabarse en una memoria artificial, luego del *clic*. A media mañana del domingo, se plantaba frente a la iglesia en un banco, al otro lado de las mesas de piedra con los tableros escaqueados, viendo salir a todos los parroquianos sobrevivientes, con sus faldas cortas, sus pantalones arrugados, sus tatuajes discretos y sus anillos encadenados en las orejas. Le gustaba sentir que todos se le acercaban en masa bajando las escaleras frente a él, como un tropel de devotos que besarían sus manos o su pie. Y luego, fingía sorprenderse, cuando tras la invasión se desviaban ignorándolo y yendo hacia el otro lado de la plaza para tomarse el café, comprar el helado, o darles a los niños el paseo en carrusel.

—Debe ser porque no llevo corona — murmuraba muy bajito entre *clic* y *clic*.

## Si yo tuviera el corazón

El pago fue al contado y a la mano. El abuelo Orlando respetaba a los escribanos y a los poetas. Su propia letra era la de un contador laborioso, de arista voladora y línea gruesa. Pero, en esta ocasión tan difícil, eran necesario otro par de manos. Un poeta, necesitaba un poeta lírico.

—Llévale esto al vecino de abajo. El señor que vive sólo en el tercero —le dijo el abuelo a Vichnu entregándole varios billetes y un sobre cerrado con la letra más florida: Para el Sr J. B.—. Quiero que me escriba algo urgente. Dile que el dinero es un adelanto.

Vichnu no entendía por qué el abuelo no escribía él mismo eso tan urgente que necesitaba. Antes de meditar la pregunta, el abuelo atrapó al vuelo la intriga:

—Necesito…un poeta —dijo tras una pausa, con la necesidad irreprimible de confesarse. —No capto el juego de la rima. Termino un verso con *amor* y el siguiente con *alcanfor* y el cerebro está embotado para las metáforas —y nuevamente ante la mirada interrogadora aclaró:

—Es para una señora, una dama. Ya te contaré cuando seas mayor. Es complicado.

Vichnu no fue de inmediato a ver al señor del tercero. Se sentó en el rellano de entre los pisos, sacó un cuaderno de su cartera y escribió: *Poema para la Sra…*

Y estuvo así, por casi una hora, entre tachaduras, ensayos irregulares y hojas arrugadas, tratando de escribir las metáforas esas que al abuelo se le hacían tan difíciles. Incluyó algunas sinestesias, rimas asonantes y anáforas, por aquello de mantener el énfasis amoroso, el ritmo de las palabras y las cadencias de las frases. Evitó usar nombres de flores, menciones al cielo y al mar y otras fórmulas tan manidas que había leído en la escuela.

Cuando se sintió satisfecho, tocó el timbre del tercero.

—Que dice el abuelo que necesita un poema urgente —entregándole el sobre sellado y el dinero—. Es un adelanto —y, tras una pausa de duda:

—Debe ser algo como esto —dándole a la mano el papel en limpio con su poema amoroso.

El señor del tercero ladeó su cabeza un poco al leer el papel. Vichnu no supo si eso era una confirmación de su suficiencia poética o un tic nervioso.

—Lo tendré el jueves que viene —y cerró la puerta.

Vichnu era muy nuevo aún para ese amor que sentía el abuelo. Sólo podía entender de su mirada distraída cuando leía las cartas amarillas por el tiempo, al borde de su cama; las muecas de rechazo, ante un recuerdo impertinente que le venía al paso en una conversación austera sobre los impuestos; o sus frecuentes visitas a la azotea, para mirar el cielo entre los quejidos amorosos de cantantes ya muertos. Ya de mayor, Vichnu releerá ese papelito con su poema en limpio y reirá ante el recuerdo de saberse el *Cyrano* juguetón que ayudó al abuelo en sus afanes por ablandar el corazón que le llagó el recuerdo con esas metáforas impronunciables que no podían decirse a viva voz: «No invocaré a las flores para hablar del color en tu rostro; no mentaré a las piedras preciosas para adornar tu cuello…».

# Una visita inesperada

Corbata amarilla, *check*. Pantalón de hilo, *check*. Chaqueta de pana, *check*. El verde no le sienta ni bien ni mal. El amarillo tampoco. No lloverá, podrá omitir el paraguas. Lo había meditado toda la noche. Poco sueño, una tensión del lado derecho que se pasó a todo el cuerpo no le dejó dormir. El sudor de cabecera se convirtió esta vez en un baño corporal, atacado por cientos de imágenes de otros tiempos. Imágenes del desprecio, del llanto, de la dureza de su voz cuando dijo, no, nunca más. Y luego, le sobrevino la culpa, sobre el sonido de aquella voz que le pedía, con gemidos, con temblores, que no terminara nunca el amor, que pasara página y se escribiera otra historia.

Se colocó las gafas. Se repasó con la peinilla el escaso pelo que le quedaba. Se ajustó la corbata. Salió temprano. Sabía que la encontraría. Sabía que la vería distinta, con ojos distraídos, apagada la luz que antes adoraba hasta el cansancio. Cerró la puerta con llave, mientras recordó que no llevaba su pañuelo. Era la pieza más importante ese día. Tenía que doblegar las resistencias. Tenía que romper el muro del no, cuando lo sacara de la chaqueta, haciéndole ver a ella que aún lo conservaba.

—Toma —le había dicho hace décadas con su mano extendida—. Lo bordé ayer. Las letras están un poco torcidas. Estoy aprendiendo con la tía —y lo tomó como quien ve un objeto extrañísimo, una tela blanquísima con sus iniciales bordadas en una esquina. Respiró hondo el aroma de ese perfume, cedro, musgo y benjuí.

Entró nuevamente y tomó el pañuelo de su escritorio. Ya no olía. O sí olía, pero distinto. Un dejo de caramelo o miel, pensó. Imposible.

Tomó el elevador sin pensarlo. Hoy no toca ejercicio. Eso malograría su empeño de hoy al afeitarse con el mayor cuidado, de entonarse la piel con todo lo que dijo la señorita de la farmacia, frente a todos los potingues para resaltar el alma.

Tuvo que detenerse varias veces en la plaza para no correr. Había tiempo de sobra, nadie lo estaba esperando.

—Pensé que no abrirías la puerta —y sus grandes ojos verdes se abrieron como platos adornados de arrugas, humo impregnado, y patas de gallo, tras unas gafas de cristal grueso. Ella no los notó, pues sólo vio a la distancia, unos ojillos grises, cansados, lacrimosos, qué pena dan, tras esos pesados lentes de viejo.

Él no tuvo que cerrar los ojos para imaginarla, temblando igual que el ayer de hace más de cuarenta años, cuando ella le suplicaba de nuevo su querer con su voz cortada al otro lado de la acera.

Madurar cuesta poco. Madurar bien, cuesta demasiado. Minutos antes, el dueño de esos ojos se había detenidos ante el umbral del número 3D. Las escaleras no ayudaron mucho a sus setenta y tantos y varias décadas perdidas.

Orlando había caminado siete cuadras contadas desde su apartamento. Vivía a tope a pesar de sus años. En palabras llanas, vivía en el último piso de su edificio. Por ambición, más que por una necesidad de espacio —tal vez para respirar mejor— se había hecho con todo el piso. Así, oprimir el número cuatro en el ascensor de su edificio era totalmente impensable para cualquier otro residente. Sí lo hacía el muchacho del mandado, el hijo del doctor Olivetti, o cualquier electricista que le pareciese a bien visitar a un viejo furioso, por algún cable cruzado y un interruptor chirriante.

—No te esperaba —se repuso ella, acariciándose un mechón rebelde que le caía sobre la frente.

—Tú hija me dijo —respira profundo— Tú hija Verónica me dijo que habías regresado.

—Así que eras tú el señor que la esperaba en el portal. La asustaste. Sigues obsesivo.

—Desde que vi su nombre, no pude resistirme. Discúlpame otra vez.

—Si quieres, puedes pasar.

—Dame un minuto —dijo, sacando elocuentemente su pañuelo para secarse la frente—. ¿Estás sola?

—Sí. Pero voy a salir en una hora.

—Si quieres regreso otro día.

Entonces el pasillo, las escaleras y el rellano se inundaron con el estruendo de una carcajada abierta, de ojillos entornados, que ella no pudo reprimir, tapándose con una mano la boca, mientras azotaba la puerta de un manotazo con la otra.

—¡Hombre, después de viejo te has acobardado! —con plena voz de cabeza—. Te has tomado muchas molestias. Anda, pasa un rato y te tomas una limonada.

Su risa le había desconcertado. Le había entrado por sus orejas, igual que la primera vez cuando la vio altiva atravesando un pasillo como la *Giselle* de un *Tchaikovsky* modernista, trenzas gemelas y ondulantes, piernas descubiertas al vaivén de una falda indiscreta, bolso atiborrado en el hombro izquierdo, zapatillas de plata. Esa imagen se la había tatuado en la memoria hacía tanto tiempo. Ya hoy, reconstruida con el paso de los años, posiblemente era una recomposición, una restauración alucinante, de lo que había sido ese primer encuentro:

—Hola, soy Grisel. ¿Orlando? —fue lo primero que escuchó de sus labios mientras lo miraba de arriba abajo.

## Historia del tango

El abuelo solía visitar la azotea de su edificio a contemplar desde arriba la plaza y el cielo. Pero sólo lo hacía algunos días, cuando el bochorno de la tarde había desaparecido y las nubes lo acaparaban casi todo. Muchas veces llevaba su tocadiscos portátil con algunos discos de vinilo negro que Vichnu sabía eran muy viejos. Un día de esos, el más gris de todos, habló del tango y los giros que revuelcan la vida.

Le dijo que a veces por alguna razón inexplicable, las cosas se tuercen y toman el recodo equivocado. Ante un amor racional, se te mete entre los ojos uno totalmente pasional, desenfrenado y loco. ¿Y quién puede subestimar el poder de unos ojos y de una sonrisa leve, dada al contacto de miradas, cuando atraviesan un pasillo alborotado y que sólo se dirigen a ti?

El abuelo había conocido la historia cuando tenía unos pocos años más que Vichnu, allá en su Argentina natal. Contursi era un hombre muy melancólico. Muy dado al romance, al trago y a los sentimientos a flor de piel. Era mayoritaria la opinión de que anduvo obsesionado, como se dice hoy. Ya casado y con hijos se tropieza con esta muchacha, una niña apenas unos años mayor que Vichnu, que él mira y remira como si hubiese visto al santo grial. La bella —llamémosla así— también lo miró, con sus ojazos verdemar, y quedaron enganchados al mismo tronco, inseparables por el alma, aunque separados por el enorme abismo de los papelitos esos que dicen que te debes a otra persona.

Ante la seriedad narrativa del abuelo Orlando, Vichnu lo interrumpe abruptamente:

—Ese señor le puso los cuernos a su esposa —mientras el abuelo lo mira dos segundos, antes de ceder afirmando y concediendo.

—Bueno, sí, pero quién te dice a ti que en la acera del frente no venden un helado más sabroso que el que te comes ahora. Esas cosas pasan. Pero atiende bien. Mientras en Europa se estaban rompiendo los brazos y las piernas a fuego de artillería, este señor estaba por abandonar a su esposa para perseguir una aventura. Al final se arrepiente y, tras ese desvarío, regresa cabizbajo, su esposa lo perdona, besos y abrazos, y vive con ella hasta enviudar, allá por el 55 —afirmándolo con su cabeza, como si la historia acabara allí.

A las quejas de Vichnu, el abuelo prosiguió con su cuento.

—En una tarde muy gris, tristísima tarde, Contursi le dice a su amigo del alma, «Marianito, ponle música a esto que me duele tanto». Era el año 41, poco después de haberse separado de su amor loco: «qué ganas de llorar en esta tarde gris» —gritó de repente el abuelo, mientras Vichnu casi se parte de la risa—. Contursi escribió varios tangos con música de Marianito, pero este es especial. Cuenta en unas estrofillas toda la historia de esa separación, muy racional, cuanto más dolorosa. Escucha: «Ven —*triste me decías*— que en esta soledad no puede más el alma mía...». ¿Te fijas? —apuntó a su nieto y al tocadiscos a un tiempo.

El abuelo cantaba pocas veces a pesar de tener una voz de pecho muy profunda, útil para los negocios y las condolencias. Vichnu al fin se dio cuenta. El cantante narra con la voz de la amada, «hoy es tu voz que vuelve a mí...», mientras escucha la lluvia con los ojos cerrados y la culpa al hombro.

—«Que estoy *cansada* de llorarte, sufrir y esperarte...», dice ella suplicante en su recuerdo.

—Él dice lo que ella le dijo cuando se separaron, ¿es eso, abuelo?

—Sí, «pues si no vienes hoy, voy a quedar *ahogada* en llanto...». Imagínate ahora a una dulce soprano, cortada voz de mujer, bañada en mocos de esa forma. Yo no tendría corazón para dejarla —y calló de repente frotándose las manos en el regazo, bajando la cabeza y negando lentamente.

Vichnu sabía algo más. Vichnu sabía que el abuelo era capaz de eso y más con tal de hacer lo *correcto*. Pero los secretos son secretos y se llevan a la tumba con los labios sellados.

—Y en qué queda la historia, abuelo. ¿Por qué me querías contar eso?

El abuelo quedó pensativo unos segundos antes de responder.

—Es la historia del tango. El amor, el dolor de la separación por el destino o la muerte. Ese que escuchaste era don Julio Sosa, un gran cantante argentino. El disco me lo regaló el doctor Olivetti, de su colección privada. Debe ser del 63, sí, eso —dijo mirando la carátula ya muy amarilla y gastada.

Entonces, mientras don Orlando limpiaba otro disco, le explicaba a Vichnu, su filosofía de la historia. Todo es una secuencia de atropellos. Como tantas veces pasa, un desliz, un error de coma, un acento fallido, una palabra mal pronunciada, es capaz de cambiar la vida y el futuro. Apenas se cantó el tango en el 41 para que el chisme, el fatuo pudor, o la traición, cambiara los versos como les vino en gana a los demás.

—Eso ocurre por desconocimiento, por idiotez o por pura mala leche.

El abuelo colocó otro disco más pequeño. Esta vez la cantante era una mujer, con un vibrato rapidísimo y tembloroso en su voz de cabeza.

—Este otro es de mucho antes. Lo canta una gran señora: Libertad Lamarque —pronunció el abuelo con su rasgada voz de barítono—. Se oye un poco de ruido, es del 49 o 50. Yo era un chiquillo, te imaginarás. La cantó en una película, *Otra primavera*. Una historia trágica con trío amoroso, hijos ilegítimos, y hasta una muerte sospechosa. Al final, la locura del marido... Pero eso es otra historia.

Y cuando ya Vichnu se figuraba una tarde resolviendo crímenes de películas, el abuelo le llamó la atención tronando sus dedos.

—Escucha su voz ahora, «pues si no vienes hoy, voy a quedar *ahogada* en llanto...» ¿Lo notaste?

—Es igual a la anterior.

—Pues eso mismo, tampoco están las dos voces. Si ella es la que canta, esa segunda voz, *debería* ser la de él suplicando y «*ahogado* en llanto». Pero no es su voz...se olvidan de la voz del amante. ¿Ahora lo notas? Esa también es parte de la historia del tango. La tragedia de un malentendido que dura hasta hoy. Ya nadie le da la voz a esa súplica del amante despreciado que grita, llora y se desgarra ante la mirada impasible del bien amado que se aleja —aseguraba el abuelo ante los ojos perplejos de Vichnu.

Entonces el abuelo, interrumpe la canción y toma su teléfono. Con cara de resignación y negando con la cabeza, pone la tercera versión:

—Esta es más reciente. Es el gran *Cigala* cantando unos tangos medio *aflamencaos*. Pon oreja: «remordimiento de saber...que por mi culpa, nunca, vida nunca te veré...y hoy es tu voz que vuelve a mi...ven, triste me decías...ay ven...y apiádate de mi dolor...que estoy *cansado* de llorarte...sufrir y esperarte...que si no *vienej* hoy voy a *acabao ahogado* en llanto...»

—Otra vez. Pero él debió usar la voz de ella, que es la que dice esas palabras —precisó

Vichnu entendiendo el truco desgraciado del dicen que dicen que dicen, en donde los mensajes se pierden en el paso de una voz a otra.

Entonces el abuelo miró hacia arriba para volver atrás, muy atrás. Cerró fuertemente los ojos para verse frente a ella, deseando que alguna catástrofe le liberara del peso de aquella tarde, tan gris por no querer todo lo que se tiene que querer. Regresó sólo por un instante; el suficiente para figurarse diluvios, mareas altas, arcas despeñadas entre rayos y centellas. Y se le cumplió el deseo de verano, tras los huracanados vientos y las costas devastadas. Las luces relampagueaban por todos lados. La gente corría por todos lados. Entonces murmuró algo y se vio huir, dejando tras de sí aquellos ojos que le mirarían perderse entre destellos, ridículas luces, dolorosas luces, que se sincronizaban al parpadeo entre las lágrimas de los ojos que amó y abandonó tan pronto.

—Y así es la historia de este tango tan triste. Ella fue rechazada cruelmente dos veces, por su amante, que sólo la retuvo en su memoria, y en su tango, por los otros que cambiaron su voz…sin quererlo, pienso yo, o por falta de atención. ¡Joder, *Gricel*! —dijo más para sus adentros —Y *chan-chan*. Se acabó el tango. ¿Habrá que cenar, no?

Ese día Vichnu supo del por qué al abuelo sólo gustaba subir a la azotea a escuchar tangos, a contemplar el arrebolado cielo agarrado a la baranda, cuando se escapaba la tarde y estaban las nubes desesperadas por deshacerse en puro plomo.

## El libre mercado

Don Orlando aprendió el oficio hacía mucho tiempo. Aunque ya estaba retirado, eso de preservar la carne, detener el deterioro del cuerpo, era algo que sólo pudo lograr con los otros, y nunca para sí mismo.

—Paco, cuando te toque maquillarme, no me pongas ningún colorete, que se me vean las arrugas a menos que muera hinchado por alguna embolia. En ese caso trata lo mejor que puedas para que me vea flaco, arrugado, como un viejo de verdad.

—No diga eso don Orlando, que va a asustar al muchacho —guiñándole un ojo a Vichnu que contemplaba el pulido de las mesas, el orden de los coloretes del maquillaje y el lavado de las brochas desgastadas. Paco luego miraba a su patrón con ojos llorosos porque lo había querido desde siempre, desde aquel día —más de treinta años ya— en que muerto de hambre, ese señor de traje negro frente a la funeraria le dijo:

—Muchacho qué haces ahí, ven aquí, coge esa escoba y sácame esas hojas de la acera, no quiero que las viejas resbalen en la entrada.

Don Orlando le había repetido lo mismo que el señor Olivares —fundador de la *Funeraria Luz Divina*— le dijo hace mil años, cuando lo vio distraído, con un papelito en la mano, buscando una dirección inexistente en el mundo real. Cerró el trato con la mano polvorienta y sudada. Eran tiempos distintos. Tiempos en que las personas de bien podían confiarse a la mera palabra, trabajar por lo que acordaran, mientras se aprendía a levantarse temprano, a usar camisas limpias todos los días, a seguir instrucciones precisas, a andar erguido y decir repetidamente «sí, señor Olivares», «mande, señor Olivares». Y fue en ese subir de escalón por escalón en que aprendió lo que tenía que saber, a embalsamar con respeto a las señoras, y con hidalguía a los señores, a contener las lágrimas, mientras vestía al niño que murió con las costillas rotas, a los jóvenes apuñalados por un enamorado despechado, o al pobre Siso, magullado por los golpes del pavimento donde calló tras el golpe que le propinó un distraído con un camión de verduras.

Vichnu no sabía de la muerte, sino de los muertos. Pensó que tal vez él mismo sería el que con pincel en mano evitaría que los demás vieran las arrugas, las ojeras y los surcos de los llantos del abuelo, que no pudo formar por exceso de cordura.

## Un señor que estudia

El señor Olivares estaba por retirarse cuando llamó a Orlandito a la oficina:

—Apúntate en la nocturna, te tienes que hacer cargo de esto —dijo, mientras sumaba las cuentas, los pasivos más que los activos, de los entierros del trimestre—. Eso sí, no fíes a todo el mundo, porque no llegaremos a fin de mes. Acuérdate de mí. Y contrata unos muchachos para que vendan los planes. A Joselín hay que hallarle un sustituto. El viejo no va a durar otro año. Toca arrimar el hombro. Tienes una familia que atender y espero que te vaya mejor que a mí —sentenciaba mirándolo sobre sus lentes para subrayar la ceremonia del traspaso.

Así, Orlandito, un señor de treinta años, regresó a la escuela para poder llevar las cuentas y el negocio que ya el señor Olivares no quería llevar. Pero la vida puede darte unas sorpresas desagradables, cuando la naturaleza no ayuda y las matemáticas no entran en la cabeza.

—Háblate con la sobrina de Olivetti. Ella está en la universidad. La habrás visto por ahí, una muchacha flaquita, de piernas largas. Le lleva las cuentas al doctor en su oficina. Yo no me la traigo para acá porque Olivetti es mi amigo, que si no...muy despierta que es.

Y Orlandito fue un jueves a lo de Olivetti, el día libre de la muchacha.

—Ella no estará hoy, pero le daré tu recado. Seguro que le interesa. Un dinerito extra nunca viene mal. Porque le vas a pagar bien, ¿no? —le dijo Olivetti con un guiño.

—Por supuesto, por supuesto —confirmó Orlandito arreglándose la chaqueta e irguiéndose para parecer más honesto de lo que ya era.

Así fue que Vichnu supo del por qué el abuelo adoraba las matemáticas, de cómo era capaz de calcular en su mente todas las multiplicaciones y divisiones de sus tareas más rápido que la computadora o que un japonés con ábaco.

## Lo prohibido

Las aventuras tienen fecha de caducidad. Los pecados pueden persistir, como

el amor, pero invariablemente llega el día de
confesarlos, hacer acto de constricción y sufrir la
penitencia.

—¿Cómo era la abuela? —preguntaba
Vichnu, cada vez que podía, para almacenar
todo lo que fuese posible de esa joven sonriente
sentada en su sillón, con los gemelos dormidos
en su pecho, en la foto amarillenta sobre de la
mesilla junto a la cama del abuelo.

—Sin ella, ni tú ni yo estaríamos aquí —
confirmaba sinceramente el abuelo.

Orlando era un hombre de palabra y la
cumplió a pesar de los tropiezos. Hacía más de
cuarenta años, ella le puso el ultimátum que
enderezó lo que le había desviado
inmerecidamente la vida de madre y esposa
devota. Ese día, cuando llegaba del trabajo, lo
recibió en la mecedora con el pequeño en
brazos. Los rumores son perversos. Los
rumores que arrastran en la cola muchas
verdades son peores aún. La sobrina de Olivetti
y Orlandito, sí, ese el de la funeraria, el
argentino, váyase usted a creerlo, los hombres
son todos iguales, tan mosquita muerta que se
veía la niña, que se fugaron a Venezuela o a
Buenos Aires, que tienen un nidito playero en la
costa oeste…y la burbuja se infla sin que nadie
pueda ya detenerla hasta que estalla bañando a
todo el mundo con los estragos.

El golpe fue perfecto y él tuvo que rendir
sus armas. Le atacó por su flanco más débil.
Apeló a lo que sabía de él, su honestidad, su
palabra inquebrantable, su sentido arcaico de
responsabilidad. Pero, más certera aún fue al
apuntarle a ese corazón que había sido suyo —
que reclamaba como suyo— con los dardos más

afilados de la razón. Lo que habían construido, lo habían hecho juntos, si se destruía, lo harían también juntos. Eso era inconcebible para él. No podía perderse en el deseo.

Al día siguiente todo sería consumado. Fue un día de truenos y centellas. Orlando sintió que los había atrapado con las manos, haciéndose otra vez con su destino, fulminando el amor que posponía cruelmente. Ese amor que a sus espaldas le contraatacaba con flechazos torcidos, fallando siempre el blanco.

Tras la inesperada ruptura, Griselita lo vio por última vez alejarse entre las luces dispersas, sin armonía. Lo vio con paso firme, sin voltearse a mirarla, esquivando las ramas voladoras, las hojas sueltas y los charcos repentinos. Y se dijo para sí no volver atrás, dar por terminada el ansia de la espera —el rostro divertido al pronunciar en diminutivo su nombre, el encuentro inesperado— entre sus mocos y sus gritos apagados por la lluvia.

## ¿Qué te queda de mí?

Algunas personas son muy habladoras. Otras personas, más calmadas, hablan por lo bajito, pero son más persistentes. Nadie sabe cómo, pero uno de esos armó mal los hilos cuando don Orlando salió de la oficina del doctor Olivetti, hijo.

—Dicen que es la próstata —se afirmaba con un aire de certeza y pena a un tiempo.

—Normal, a su edad —era la respuesta más recurrente.

Pero a veces esos accidentes tienen la bondad de mover, conmover, disparar de un brinco, aquello que ya estaba en la otra orilla, al sol, sin esperar nada más que un atardecer apacible. Fue entonces que un jueves cercano, el abuelo escuchó inesperadamente el timbre de su puerta.

—¿Qué te queda de mí? —fue todo lo que dijo, abriendo insolentemente las compuertas cerradas hace más de cuarenta años con todos sus meses y sus días. Esperaba su respuesta como el antes de hace tiempo, pero esta vez parpadeó y tragó profundo.

Se veía fatigada. Se veía sudorosa y gris. No por sus ojos, aún relucientes bajo esta luz acrisolada. Era su piel, antes robusta, tersa y dura como una fruta recién desprendida.

El reloj del abuelo había dado las seis hacía apenas un rato. Una hora más de la hora en que se desangran y mueren los toreros. La hora en que todo reluce de un oro líquido y tibio, y la modorra te abraza como a un niño.

Apenas un instante antes su vida era otra. El instante en que bajó el sonido de la música —los *fados* de la tarde— para percibir mejor el chillido que entraba desde la puerta. *Tring-tring…*El instante en que buscó debajo del sillón las pantuflas raídas para no parecer un desmantelado viejo indigente. El instante en que se miró al espejo del pasillo, tan viejo como él, incapaz de reflejarle la realidad porque no llevaba puestos sus espejuelos.

—Te has quedado mudo —continuó diciendo.

—Perdona. No te reconocí —mintió sin abrirle el paso.

—Me enteré de que te estás muriendo —le espetó como si de un regaño se tratase. Como si por un descuido reprensible era culpable de estar muriéndose sin su permiso, sin anunciarlo a voces.

—Dime si es cierto, que si no, me largo ahora mismo —y se detuvo interrogativa esperando una respuesta que él no podía darle a ese rostro nuevo, casi desconocido.

La compasión puede ser prima hermana del amor, supuso de inmediato. Pero algo tuvo que moverse muy adentro de ella para estar allí, mientras en el fondo sonaba el *se bem que às minhas maldições fugiste, por te haver dado tudo o que era meu…*

—*Quando os outros te batem, beijo te eu* —pensó alargando su respuesta—. Vaya, vaya. Estás aquí —dijo para apaciguar el asombro—. Llegas tarde para un café. No lo tomo a esta hora. Me desvelaría hasta la madrugada.

—Si quieres regreso otro día. No sé por qué vine.

—Lo acabas de decir. Viniste para preguntar por mi muerte. Un saludo hubiera bastado —y es aquí cuando el alma pide que le supliquen el regreso, luego de recordarle su propia felonía y su crueldad, que le devuelva los versos y las flores, y las tardes del juego inocente atrapando su cintura ante un encuentro sorpresivo y a escondidas.

—Parece que no has dormido bien.

—Soy muy descortés. Pasa un rato.

—Disculpa, debí llamar antes —dijo mientras se arregla la falda plisada con sus dos manos, sin anillos, sin color en las uñas, adornada de unos lunares que no le conocía de antes.

—Posiblemente no te hubiese reconocido la voz. En estos días se agradecen las visitas. Tan raras como las cartas.

—Sí, eso. Tienes razón. Pero aún no me has respondido.

—Pues la respuesta es sí, llevo más de cuarenta años muriéndome.

—No entiendo. Todo el mundo decía...

—La gente comenta y sabe poco. Tú, qué opinas —dijo pensando para sus adentros qué le iba a contar después de cuarenta o cincuenta años, cuando se sentía un Bacon deformado, internado en un campo sin concentración.

—Yo te veo viejo, muy viejo.

—¿Sabes cuántos calendarios he tirado a la basura? Pues aquí me ves, *piantao*. Tú tampoco estas hecha una flor naciente —y un esbozo de sonrisa se dibujó en sus labios resecos del calor, que imagino salados, cortantes, debajo del carmín de disimulo. Orlando le abrió el paso y le ofreció su butaca; la butaca verde esperanza, regalo de un cumpleaños ya olvidado, cuando aún vivía su esposa.

—¿Cómo has estado? —tenía que preguntar. Era su casa, era su luz por la ventana, su puerta la que se cerraba con un sonido ahogado, alterando las presiones del afuera y del adentro. La cortina tomó vuelo, la luz marcó de rombos el piso hasta la mesa del centro del salón.

La luz de soslayo no la inventó nadie. No es, sino ahora que se posa en el rostro de esa mujer frente a la ventana. Esa mujer que acaba de sentarse suavemente, mirando a los lados como si esperase que alguien más se reuniese con ellos.

—No te preocupes. Estoy solo —le confirmó para disipar su espanto, su impertinencia vespertina, de amapolas estampadas y falda rosa.

—Esta mañana apenas pude salir de la cama. Tenía que venir. Anda, confiésate.

—Nada es cierto. Pospón la fiesta —dijo inesperadamente, de pie con los brazos en jarras esperando su risa, que no se hizo esperar.

## La memoria

Con los años se pasa del traje de lino, cremoso o blanquecido, al negro, al violeta, o al azul funerario. A la fuerza húmeda del calor caribeño se pasa al encierro mortecino y seco de la sala de espera, el murmullo del rezo y el gemido lastimero. Todo pasa y se almacena, pero también se pierde, se descoloca si olvidamos las coordenadas de su haber.

El abuelo recuperó lo que había perdido hacía años. Pero la vida continúa ese incesante ir y venir de lo que se quiere, a lo que hay ahora ante los ojos y las manos, hasta lo que testarudamente guardamos y acumulamos en saco roto.

El abuelo Orlando fue feliz, escribirá Vichnu años después. Pero su imaginación previsora lo vio más allá de los días, los años y los lustros, con un dejo de tristeza. El abuelo había abandonado muchos años atrás a su bien amada para sanar el corazón roto de aquélla otra que lo había sido hasta hacía muy poco. Grisel fue un accidente. Una inesperada Gerda, destripada por las cadenas de sus propios tanques, esperando en agonía al Capa parisino que nunca volvería para despedirse. Daños colaterales, dicen. El abuelo había sido Orlando y Medoro a un tiempo, él mismo y su enemigo, caballero andante y ladrón de bosque, la paradoja misma, como el huracán que tiene su ojo irregular, pero apacible. Ella lo había perdonado, también gracias al olvido, y decidió estar a su lado por el tiempo que les quedaba.

Pero todo tendrá su fin, algún día, escribirá certeramente Vichnu. Ya en tiempos cercanos habían aparecido los signos claros con el «qué era lo que te decía», «dónde dejé las llaves», o «cómo se llamaba aquel muchacho, el que barría la acera de enfrente», y los cambios de humor que se sucedían cada vez más a menudo.

—Males de los viejos —se consolaba al principio el abuelo, mientras con ojos vidriosos Grisel afirmaba con la cabeza y le seguía cuidando los pasos.

Pero más tarde le sobrevino la quietud, el silencio, el caminar sin rumbo en el apartamento, mirando sin ver, perdiendo al paso los tres pasos que había dado segundos atrás. Los rostros se le fueron yendo y, en sueños, volvía a tomar ese viejo y oxidado barco, que lo traería al exilio para siempre, dejando atrás los abrigos, los bandoneones y el acento.

La vida del abuelo, que era antes el suceder continuo de su mera voluntad, hecha realidad frente a los ojos que tanto amó y tatuó repetidamente en su memoria, perderá justo en una década dos terceras partes de ese juego. Mirará las nubes buscando el rostro amado a tres cuartos, plantado allá arriba por la candidez de un fotógrafo andante y voyerista. Suspirará *piantao* por los andares cautos y firmes en línea recta, como el mapa lineal de una progresión de riqueza deseable. Y las metáforas le bullirán en su cabeza, sin mentar flores, ni cielos ni mar. Pero ya no arruinará bosques, apaciguará su furia. Volverá en el tiempo y será él el primer rostro que vean los ojos grises de su amada al volver de su desmayo.

# Sobre el autor

# Sobre el autor

Claudio Rivera (1968) es puertorriqueño, nacido en Santurce. Tiene un bachillerato en Estudios Hispánicos de la Universidad de Puerto Rico y una maestría en Ciencias de la Información, también de dicha universidad.

*Plaza Mayor 1108* es su primera colección de relatos que ve la luz pública. Pudieron también llamarse también *Cantos de amor y de muerte*, pero no. Como fácilmente puede deducirse de estos cuentos, es amante de la filosofía, la música, la literatura, la pintura y el ajedrez. Pero, paradójicamente, su vida profesional ha girado alrededor de las tecnologías de información y la programación de sistemas informáticos.

Actualmente trabaja en otros proyectos literarios y su primera novela.